Mar Aberto

CALEB AZUMAH NELSON

Mar Aberto

Tradução
Camila von Holdefer

Copyright © 2021 por Caleb Azumah Nelson
Publicado em comum acordo com o autor e United Agents LLP.

Título original: OPEN WATER

Direção editorial: VICTOR GOMES
Tradução: CAMILA VON HOLDEFER
Preparação: MARINA CONSTANTINO
Revisão: TOMOE MOROIZUMI E LUI NAVARRO
Capa: RENATA VIDAL
Imagens de capa: JEFFERY ERHUNSE © UNSPLASH/TOBE MOKOLO © UNSPLASH
Projeto gráfico e diagramação: VALQUÍRIA CHAGAS E MARIANA SOUZA

ESTA É UMA OBRA DE FICÇÃO. NOMES, PERSONAGENS, LUGARES, ORGANIZAÇÕES E SITUAÇÕES SÃO PRODUTOS DA IMAGINAÇÃO DO AUTOR OU USADOS COMO FICÇÃO. QUALQUER SEMELHANÇA COM FATOS REAIS É MERA COINCIDÊNCIA.

TODOS OS DIREITOS RESERVADOS. PROIBIDA A REPRODUÇÃO, NO TODO OU EM PARTES, ATRAVÉS DE QUAISQUER MEIOS. OS DIREITOS MORAIS DO AUTOR FORAM CONTEMPLADOS.

DADOS INTERNACIONAIS DE CATALOGAÇÃO NA PUBLICAÇÃO (CIP)

N425m Nelson, Caleb Azumah
Mar aberto / Caleb Azumah Nelson ; Tradução: Camila von Holdefer — São Paulo : Morro Branco, 2024.
208 p. ; 14 x 21 cm.

ISBN: 978-65-6099-004-3

1. Literatura inglesa — Romance. 2. Ficção contemporânea.
I. Von Holdefer, Camila. II. Título.
CDD 823

TODOS OS DIREITOS DESTA EDIÇÃO RESERVADOS À:
EDITORA MORRO BRANCO
Alameda Santos, 2223, 7º andar
01419-912 – São Paulo, SP – Brasil
Telefone (11) 3373-8168
www.editoramorrobranco.com.br

Impresso no Brasil
2024

Prólogo

A barbearia estava estranhamente silenciosa. Só o zumbido monótono das maquininhas de cortar cabelo raspando delicados couros cabeludos. Isso foi antes do barbeiro pegar você olhando o reflexo dela no espelho enquanto ele cortava o cabelo dela, e ver algo nos olhos dela também. Ele parou e se virou para você, os dreadlocks como lindas raízes grossas dançando empolgadas enquanto falava:

"Tem algo rolando entre vocês dois. Não sei o que é, mas tem algo rolando entre vocês. Algumas pessoas chamam isso de relacionamento, outras chamam de amizade, outras chamam de amor, mas vocês dois, tem algo rolando entre vocês dois."

Vocês olharam um para o outro nessa hora, com o mesmo fascínio cauteloso que continua surpreendendo vocês de tempos em tempos desde que se conheceram. Vocês dois, como fios de fone de ouvido emaranhados, apanhados nesse *algo*. Um acidente feliz. Um milagre confuso.

Você perdeu o olhar dela por um instante e sua respiração se acelerou, como quando uma chamada de longa distância interrompida ganha uma gravidade inesperada.

Logo você iria descobrir que o amor o tornava preocupado, mas também o tornava bonito. O amor o tornava negro; quer dizer, você ficava mais retinto quando estava na presença dela. Isso não era motivo de preocupação; era preciso exultar! Vocês podiam ser vocês mesmos.

Mais tarde, caminhando no escuro, você foi dominado pela emoção. Você disse a ela para não olhar para você, porque, quando seus olhares se encontravam, você não podia deixar de ser honesto. Lembra as palavras de Baldwin? *Só quero ser um homem honesto e um bom escritor.* Humm. Homem honesto. Você está sendo honesto, aqui, agora.

Você veio aqui para falar do que significa amar sua melhor amiga. Pergunta: se *flexibilizar-se* é ser capaz de dizer o máximo com o menor número de palavras, existe uma flexibilização maior que o amor? Nenhum lugar para se esconder, nenhum lugar para onde ir. Um olhar direto.

O olhar não precisa de palavras; é um encontro honesto.

Você veio aqui para falar de vergonha e da relação disso com o desejo. Não deveria haver vergonha em dizer abertamente: *Eu quero isso.* Não deveria haver vergonha em não saber o que se quer.

Você veio aqui para perguntar se ela se lembra da urgência daquele beijo. Enroscada nas cobertas na escuridão. Nem uma única palavra foi trocada. Um encontro honesto. Você não viu nada além da forma familiar dela. Ouviu a respiração suave e ritmada dela e entendeu o que você queria.

É uma coisa esquisita desejar sua melhor amiga; as duas mãos avançando além dos limites, pedindo perdão em vez de permissão: "Isso tá certo?" vindo um pouquinho depois do movimento.

Às vezes você chora no escuro.

1

Na noite em que se conheceram, uma noite da qual ambos desdenham por ter sido um episódio muito breve, você puxa seu amigo Samuel de lado. Há vários de vocês no porão desse pub no sudeste de Londres. Uma comemoração de aniversário. Quase todos estão prestes a ficar bêbados, ou alegrinhos, dependendo da preferência.

"E aí?"

"Não faço isso sempre."

"Quase sempre significa que isso é algo que você já fez antes."

"Não, juro. Juramento de dedinho", você diz. "Mas preciso que me apresente sua amiga."

Você gostaria de dizer que foi nesse exato momento que o homem de meia-idade que fazia os discos girarem havia emendado algo acelerado, algo como "Move On Up", do Curtis Mayfield, em algo muito parecido. Você gostaria de dizer que era o "Fight the Power", dos Isley Brothers, que tocava enquanto expressava um desejo que não entendia por completo, mas que tinha de satisfazer. Você gostaria de dizer que a pista de dança atrás de você fervia e que os jovens se moviam como se fossem os anos 1980, quando se mover assim era só um dos poucos direitos concedidos àqueles que vieram antes. E, já que você está se lembrando disso, a liberdade é sua. Mas você prometeu ser honesto. A realidade é que você ficou tão desconcertado com a presença dessa mulher que primeiro estendeu a mão para apertar a dela, antes de se abrir para o habitual abração, de modo que o resultado foi um desajeitado bater de braços.

"Oi", você diz.

"Olá."

Ela sorri de leve. Você não sabe o que dizer. Você quer preencher o vazio, mas as ideias não surgem. Vocês ficam parados, observando um ao outro, num silêncio que não é desconfortável. Você imagina que o olhar no rosto dela está refletindo o seu, um olhar de curiosidade.

"Vocês dois são artistas", diz Samuel, numa interrupção solidária. "Ela é uma dançarina muito talentosa." A mulher assente. "E você?", pergunta ela. "O que é que você faz?"

"Ele é fotógrafo."

"Fotógrafo?", a mulher repete.

"Eu tiro fotos de vez em quando."

"Parece que você é fotógrafo."

"De vez em quando, de vez em quando."

"Modesto." Tímido, você pensa. Você passa à conversa e observa enquanto ela olha de relance para você. Uma luz vermelha pousa dividindo o rosto dela, e você vislumbra algo, algo como generosidade naquelas feições abertas, os olhos dela observando suas mãos falarem. É uma língua familiar que você nota, sem dúvida do sul do rio. Sem dúvida algum lugar que você teria mais chance de chamar de lar. Nesse sentido há coisas que vocês dois sabem e falam com o próprio ser, mas que aqui não são ditas.

"Quer uma bebida? Posso pegar uma bebida pra você?" Você se vira, notando Samuel pela primeira vez desde que a conversa começou. Ele recuou, se encurvou um pouco; está sorrindo, mas seu corpo revela que está se sentindo excluído. Sentindo uma pontada de culpa, você tenta acolhê-lo de volta.

"Querem uma bebida?"

O rosto da mulher se abre com uma diversão genuína e amável e, ao fazê-lo, você sente uma mão no cotovelo. Você está sendo afastado; precisam de você. A pista de dança esvaziou um pouco e há um silêncio repleto de tudo o que ainda está por vir. Há bolo e velas e uma tentativa de harmonia durante o "Parabéns pra você". Você desliza a máquina fotográfica do ombro, onde ela balançava, focando a lente na aniversariante, Nina, enquanto ela faz um pedido, a vela solitária no bolo como um sol pequenino. Quando a multidão começa a se dispersar, você é puxado em todas as direções. Como o único fotógrafo, é seu dever registrar.

A música começa mais uma vez. As pessoas ficam em pequenos grupos, esperando enquanto você ajusta o foco em rostos gentis pairando em meio à escuridão. O homem de meia-idade que gira os discos continua em ritmo acelerado. A música "Could Heaven Ever Be Like This", do Idris Muhammad, é apropriada.

Emergindo da multidão, você fica no bar e estica o longo pescoço em várias direções. É aqui, quando você procura a mulher mais uma vez, na noite em questão, uma noite que ambos desconsideram por ter sido um encontro muito breve, que você percebe que ela se foi.

2

Esses são os meses de inverno. Um inverno quente — na noite em que a conheceu, você calculou mal a distância da estação até o pub e, tendo andado meia hora usando apenas a camisa que tinha, chegou consciente do suor na testa —, mas ainda assim um inverno. É a estação errada para se apaixonar. Conhecer alguém em uma noite de verão é como dar nova vida a uma chama morta. Tem mais chance de você sair com essa pessoa para se livrar por um tempo de qualquer que seja a sauna em que está instalado. Pode dar por si aceitando a oferta de um cigarro, os olhos se estreitando enquanto a nicotina faz cócegas no cérebro e você solta o ar no calor denso de uma noite londrina. Pode olhar para o céu e perceber que o azul não se aprofunda muito durante esses meses. No inverno, você se contenta em remover as cinzas e voltar para casa.

Você menciona a mulher para o seu irmão mais novo, que também estivera na festa, construindo para ele uma imagem do que se lembra da noite, como se interligasse fragmentos melódicos para fazer uma nova música.

"Mas calma… eu não a vi?"

"Ela era alta. Meio alta."

"Tá."

"Vestida toda de preto. Tranças por baixo de uma boina. Bem estilosa."

"É, não lembro mesmo."

"O bar se parece com isso." Você faz a forma de um L com os braços. "Eu estou parado aqui", você diz, indicando a curva do L.

"Espera aí."

"Sim?", você diz, exasperado.

"Vai ajudar ou atrapalhar se eu disser que estava bebaço naquela noite e não me lembro de nada, ponto-final?"

"Você é um inútil."

"Não, só um bêbado. Bastante bêbado. E o que acontece agora?"

"Como assim?"

Os dois estão sentados na sala de estar, bebendo chá. A agulha do toca-discos arranha de mansinho o plástico no fim do vinil, o *bump, bump, bump* rítmico em um pulsar meditativo.

"Você encontra o amor da sua vida..."

"Eu não disse isso."

"'Eu estava nessa festa e senti isso, essa presença, e, quando olhei, tinha essa garota, não, essa mulher, que simplesmente me deixou sem fôlego.'"

"Cai fora", você diz, desabando de costas no sofá.

"E se você nunca mais se encontrar com ela?"

"Então vou fazer um voto de celibato e viver nas montanhas pelo resto da minha vida. E da próxima."

"Dramático."

"O que você faria?"

Ele dá de ombros e se levanta para virar o disco. Um arranhão mais nítido, como unha contra a pele.

"Tem mais uma coisa", você diz.

"O quê?"

Você olha para o teto.

"Ela está saindo com o Samuel. Ele apresentou a gente."

"Hã?"

"Só descobri depois da gente ter se falado. Acho que não faz muito tempo que os dois estão juntos."

"É uma coisa certa?"

"Olha, acho que sim, é. Vi os dois se beijando no canto do bar."

Freddie ri e levanta as mãos.

"É, não estou julgando você, cara. Nada é simples. Mas sim, pode ser que você queira..." Ele imita uma tesoura com os dedos.

Como se livrar do desejo? Dar voz a ele é semear uma semente, sabendo que de alguma forma, de alguma maneira, ela vai crescer. É admitir e se submeter a algo que está fora dos limites da sua compreensão.

Mas, mesmo que essa semente cresça, mesmo que o corpo viva, respire, floresça, não há garantias de reciprocidade. Ou de que vai vê-los de novo algum dia. Daí a campanha pelas paixonites de verão. Mesmo que vocês deixem um ao outro numa noite interminável, mesmo que você perceba que seus caminhos estão se afastando, mesmo que você se pegue adormecendo sozinho só com a memória da intimidade, vai haver a luz do verão se esgueirando pela abertura entre as cortinas. Vai ser um amanhã em que o dia vai ser longo assim como a noite. Vai ser outra sauna, ou um churrasco com pouca comida e muita bebida. Vai ser outro estranho sorrindo para você na penumbra ou olhando em sua direção do outro lado do jardim. Tocando seu braço enquanto os dois riem muito de uma piada de bêbados. Tropeçando ofegantes porta adentro, agarrando dobras de carne ou tentando localizar o banheiro em silêncio numa casa que não é sua. No inverno, na maior parte das vezes, você nem consegue sair de casa.

Além disso, de vez em quando, para resolver o desejo, é melhor deixar a coisa desabrochar. Para sentir essa coisa, para deixar essa coisa te agarrar desprevenido, para não ignorar a dor. O que é melhor do que acreditar que você está caminhando em direção ao amor?

3

Você perdeu sua avó durante o verão em que tinha certeza de que não poderia perder mais nada. Você sabia antes de saber. Não foi o ribombar distante do trovão parecendo um estômago faminto. Não foi o céu que estava tão cinzento que você receava que a luz não voltasse a brilhar. Não foi a tensão na voz de sua mãe, pedindo para você não sair de casa antes que ela chegasse. Você simplesmente sabia.

Você retorna a uma lembrança de um tempo diferente. Sentado atrás do complexo em Gana, onde calores incandescentes tão no fim do dia fazem você suar. Enquanto sua avó se senta num frágil banquinho de madeira, picando ingredientes para preparar uma refeição, você vai lhe contar que conheceu uma estranha em um bar, e soube antes de saber. Ela vai sorrir, e vai rir para si mesma, mantendo o divertimento contido, encorajando você a continuar. Você vai lhe contar como essa mulher era delicada, mas alta, se portava bem, não como se para intimidar ou aplacar intencionalmente, mas de uma forma que implicava segurança. Nas feições dela havia bondade, e ela não se importou quando você a abraçou.

O que mais?, sua avó vai perguntar.

Humm. Você vai dizer que quando você e a estranha se conheceram, ambos desmereceram as coisas que faziam, as coisas que amavam. Sua avó vai interromper nesse detalhe. Por quê?, ela vai perguntar. Você não sabe. Talvez fosse porque ambos sofreram perdas naquele ano, e embora continuasse dizendo a si mesmo que não podia perder mais nada, isso continuou a acontecer.

E daí? Não há consolo à sombra, sua avó vai dizer.

Eu sei, eu sei. Acho que a gente meio que desconsiderou todo aquele encontro. Foi muito rápido. Tinha muita coisa acontecendo. Não era o momento certo.

Sua avó vai largar a faca, vai dizer, Nunca é o momento certo.

Você vai suspirar e olhar para um céu que não dá sinais de escurecer, e dizer, Acho que havia alguma coisa naquele lugar naquela noite, algo que não senti até que a conheci. Alguma coisa que, olhando para trás, eu não podia ignorar.

Quando você semeia uma semente, ela vai crescer. De alguma forma, de alguma maneira, ela vai crescer.

Humm. Concordo. Eu só... Eu conheci essa mulher e ela não era uma estranha. Eu sabia que a gente já tinha se conhecido antes. Eu sabia que a gente ia se encontrar de novo.

Como você sabia?

Eu simplesmente sabia.

E, nesse lugar, a lembrança de um tempo diferente, você ia gostar de acreditar que sua avó ficaria satisfeita com isso. Que ela daria o mesmo sorriso zombeteiro e contido, e que ela iria rir para si mesma mais uma vez.

4

Você e a mulher se encontram em um bar, dois dias antes do fim de 2017. Você sugeriu o lugar, mas está atrasado. Só um minuto ou dois, mas atrasado. Você pede desculpas; ela parece não se importar muito. Vocês se abraçam e a conversa flui solta enquanto sobem um lance de escadas, depois seguem por uma escada rolante. Você está um pouco sem fôlego, um pouco suado, mas, se percebe, ela não diz nada, não com a boca e nem com os olhos errantes.

Quando se acomodam, é em um sofá de feltro verde, feito de duas metades. Vocês bailam por tópicos como dois velhos amigos, encontrando conforto numa linguagem que é instantaneamente familiar. Criam um pequeno mundo para si mesmos, e só para os dois, sentados neste sofá, olhando o mundo que tende a engolir até os mais vivos.

"Da última vez que a gente se viu, você disse que era fotógrafo", ela diz.

"Não, alguém te disse que eu era fotógrafo e eu me resignei com a ideia", você diz.

"Por quê?"

"Você não fez o mesmo quando mencionaram a dança?"

"Você não respondeu minha pergunta."

"Sei lá", você diz. "Mas é, eu tiro fotos." Do outro lado da janela, Piccadilly fervilha. Um homem infla uma gaita de foles, o som flutua na sua direção. Sexta-feira à noite e a cidade está à beira da loucura, sem saber o que fazer consigo mesma.

"Acho", você começa. "Acho que é como saber que você é algo e querer proteger isso? Sei que sou fotógrafo, mas se outra pessoa diz que sou um, isso muda as coisas, porque o que pensam sobre mim não é o que eu penso sobre mim. Desculpe, estou divagando."

"Entendo o que está dizendo. Mas por que o que outra pessoa pensa sobre você muda o que você pensa sobre si mesmo?"

"Não deveria."

"Você é muito bom em não responder perguntas."

"Sou? Não é minha intenção."

"Estou brincando", ela diz, e de fato o sorriso em sua direção é leve e provocante.

"É que..." Você para, franzindo a testa para si mesmo, enquanto procura as palavras certas. "Não se pode viver numa bolha. E quando você se abre para as pessoas e se torna vulnerável, elas podem ter uma certa influência sobre você. Se é que isso faz sentido."

"Faz."

"E você? Esse lance da dança?"

"Humm. Quem sabe mais tarde. A gente continua divagando."

"De fato."

"O que acha? Da minha ideia? Quero documentar pessoas, pessoas negras. Manter um registro é importante, acho. Mas, como eu disse, não entendo nada de fotografia, e seria legal se você se envolvesse. Podia ser legal fazer isso juntos."

"Humm", você diz, deixando o silêncio se prolongar e se instalar. "Eu, tá, não. Não, acho que não quero fazer isso."

"Hã?" É menos uma pergunta, mais um som involuntário. Ela afunda no sofá, se cobrindo inteira com o casaco, e você o vê subir e descer como um edredom sobre um corpo adormecido.

"Ei", você diz. Uma testa aparece, seguida por uma dupla de sobrancelhas marcadas e um par de olhos, cautelosos e vigilantes. Você a observa lutar contra o desconforto.

"Tô brincando. Vou fazer. Quero fazer, sim."

A luta continua e, quando o rosto dela muda, é por causa de uma gratidão um tanto relutante. Uma brincalhona que encontra alguém à altura.

"Te odeio. Tanto. Mas tanto, tanto." Ela verifica o relógio. Vocês estão sentados aqui há quase duas horas.

"Devemos tomar um drinque? Pra comemorar a nova… parceria? Preciso de um drinque."

Você fica feliz com a sugestão.

Vocês passam do mezanino para o térreo do bar. A noite está no seu encalço, incapaz de acompanhar. Dois copos baixos meio cheios estão na mesa à sua frente. Não é a primeira, a segunda ou a terceira rodada. Você está um pouco tonto, tentando entender o que está acontecendo. Muito da sua alegria se perde na necessidade de preservá-la, intacta, então você tenta embotar aquela voz que precisa de lucidez tomando outro gole. Está tudo bem, você pensa, está tudo nos conformes. Ela volta do banheiro, dando passos largos na sua direção. O reflexo das luzes de Leicester Square dança no vidro. Ela estende a mão, a ponta dos dedos roçando a janela, como se a luz fosse algo que pudesse ser agarrado. Ao fazer isso, ela perde o equilíbrio, e a cabeça dela faz uma descida lenta até o seu colo, descansando ali por um momento de ternura. E assim como vem, ela se vai, dando risadinhas enquanto se levanta para alcançar aquela luminosidade elegante.

Essa noite também é a primeira que você enxerga o brilho preguiçoso que se instala nos olhos dela quando está bebendo. Doce conversa de lábios amargos, o sal na borda do copo aninhado na língua.

Mais tarde vocês estão no Shake Shack, perto da Leicester Square. Estão na fila, duas folhas ao vento, balançando numa brisa artificial. Você paga pela comida — ela bancou a última rodada de bebidas — e se empoleiram juntos em um par de cadeiras altas. Ela pede um hambúrguer com pimentas picadas, uma porção de batatas fritas com queijo que não consegue terminar e insiste que você termine (ela detesta desperdiçar comida). Durante as primeiras mordidas, ela desembaraça um par de fones de ouvido brancos e oferece uma das pontas, dedos finos dançando pela tela do celular, procurando música. E agora vamos fazer uma perguntinha ao público em geral: alguém estava no Shake

Shack naquela noite? Alguém mais viu ou ouviu dois estranhos apresentando suas verdades um para o outro? Saíram enriquecidos com o som das batidas? Alucinaram na obra-prima impregnada do jazz de Kendrick com a mesma energia que ele desejava?

No caminho de volta até o sudeste de Londres, uma pequena alegria, mas ainda assim uma alegria. Vocês ricocheteiam nas profundezas sombrias de Londres. Barulhenta, escura, quente e infernal. Vão removendo camadas tal qual uma mão dividindo a polpa macia de uma fruta. Ao seu lado, ela está mais uma vez desfazendo um nó de marinheiro nos fios dos fones de ouvido. O nó se desfaz com um vibrar silencioso e ela desliza uma das pontas na própria orelha, a outra na sua. Duas pessoas encerrando uma distância encurtada pelos fios que as mantêm juntas.

"Qual é a sua música favorita?", ela pergunta, tendo que se inclinar para se fazer ouvir acima do som do metrô.

Na superfície, vocês se sentem confortáveis com a teatralidade de representar a si mesmos. Quando ela diz que assistiu ao show em questão, você se afasta por um momento, voltando até ela, fingindo uma raiva brincalhona, mas sentindo uma inveja real. Você fala, rápido e com pressa, enquanto ziguezagueia pelas pedras desniveladas na direção da Embankment.

"Meu melhor amigo tinha dois ingressos, e concordou que eu ficasse com o outro..."

"Mas?"

"Mas um dia antes ele tinha ficado tipo, *tem essa garota*..."

"Ah. Se isso faz alguma diferença, ele é excelente no palco."

"Bravo."

"Você parece chateado", ela diz, incapaz de conter o sorriso que lhe repuxava os lábios.

"Estou." E ela ouve, com atenção, enquanto você descreve a importância do álbum de estreia de Isaiah Rashad, listando as influências e dissecando o estilo musical dele com entusiasmo e de um só fôlego.

"Ele é como um OutKast com a força do J Dilla, mais uma pitada do Gil e a vibração de um Isley Brothers, tem tanta alma na música dele, dá pra sentir mesmo, não? O quê?"

"Nada."

Ela está sorrindo enquanto você passa pela catraca da estação atrás dela.

Você não diz que o álbum foi a sua trilha sonora do verão passado. Não conta que havia repetido a música "Brenda", uma ode à avó do artista, tantas e tantas vezes que sabia quando o ritmo grave do baixo começava a deslizar por baixo do dedilhar dos acordes da guitarra, quando o trompete fazia floreios e reverberações, o instante em que havia um hiato, uma ligeira pausa na qual a música se soltava do compasso bastante tenso. Não diz que era ali, nas pequenas pausas, que conseguia respirar, nem sequer percebendo que estava prendendo o ar, mas estava. Havia aquele momento que você respirava e um sorrisinho triste se espalhava pelo seu rosto enquanto você lutava para conter a própria perda.

Abaixo do solo, você percorre a lista de faixas e aponta para "Rope/Rosegold". Ela assente de forma apreciativa.

"A minha é 'Park'. É uma baita música." Ela toca a sua favorita primeiro e bloqueia a tela do celular, aumentando o volume o mais alto que dá. Os dois conhecem todas as palavras. Tem tanta alma. Um casal negro assiste, divertido, enquanto ambos dão uma de rapper durante o curto trajeto. Estação Embankment para a Estação Victoria. O valor de uma música. Você faz valer a pena, balançando com as voltas e reviravoltas do vagão, pegando o balanço do ritmo, seguindo a batida da música. Uma pequena alegria, mas ainda assim uma alegria.

Vocês sentem que nunca foram estranhos. Não querem se despedir, porque se despedir é fazer com que a coisa morra na forma atual, e tem algo rolando, tem algo rolando aqui de que nenhum dos dois está disposto a abrir mão.

A vista da sacada dela: a linha do horizonte brilhante de Londres. Você se sente confortável aqui. Você se sente em casa.

"Chá?", ela pergunta da cozinha.

Você assente, atravessando a sala para tocar o vidro. Como se a luz fosse algo que você pudesse agarrar, como se fosse uma pintura que pudesse tocar. Ela surge ao seu lado sem fazer barulho.

"Há quanto tempo vocês moram aqui? Estou com inveja."

"Alguns anos. É bem bom, né?" Ela lhe entrega uma caneca e indica o sofá. Vocês se sentam em cantos opostos, joelhos contra o peito, cuidando para não ultrapassar a linha da almofada divisória; exceto que os dois sabem que algo se rompeu, é como apertar um saquinho de chá e olhar dentro da xícara para ver as folhas se revolvendo na água quente.

"Sua mãe é hilária", você diz.

"Ela não costuma ser tão simpática com estranhos", ela diz, escorregando as pernas do sofá para se sentar no espaço ao seu lado. Ela fecha os olhos e deixa um bocejo poderoso se estender pelo silêncio. É contagiante e ela ri enquanto o bastão é passado em uma corrida que só o sono vai ganhar. O celular dela vibra. Um som escapa dela que você não consegue entender bem.

"Você tá bem?"

"Acho que o Samuel tá vindo pra cá."

"Ah, certo. Certo." Realidade. "É melhor eu ir."

"Não, tudo bem, você devia terminar o chá, pelo menos..."

"Não quero me intrometer..."

A campainha toca.

Depois que a porta se abre e se fecha, depois de se atrapalhar todo para tirar os sapatos, Samuel entra na sala. A noite em que vocês se conheceram no porão daquele pub no sudeste de Londres retorna: a necessidade de conhecer aquela mulher, o jeito que você insistiu em relação a ela. Foi Samuel quem planejou o encontro de hoje à noite; a namorada dele perguntou se ele conhecia algum fotógrafo e foi em você que ele pensou primeiro. Mas você está olhando para o Samuel agora e a vergonha é profunda. Uma falsa surpresa surge no rosto dele. "Ah, e aí."

"E aí", você diz.

"Ouvi dizer que vocês tiveram uma noite e tanto."

"Tivemos, tivemos. Foi muito legal."

"Tenho certeza de que foi", Samuel diz. Ele anda até a namorada e lhe dá um beijo rápido. "Vou fazer um chá."

Você se vira para ela. "Vou cair fora."

"Te acompanho até a porta", ela diz. Da cozinha, Samuel observa você olhando para ela. Você tomou o cuidado de não ultrapassar as fronteiras, exceto que todos sabem que algo se rompeu; a semente que você cravou bem fundo no chão floresceu na estação errada. Você pensa em como vai contar essa história para quem perguntar, porque os questionamentos vão surgir. Você se pergunta se será suficiente dizer que *parecia certo*. Você se pergunta se a justificativa de que *nada aconteceu* será suficiente.

São as primeiras horas da madrugada. Ela veste um enorme casaco verde e acompanha você escada abaixo. A noite está tão quente quanto o abraço dela e, enquanto você se afasta, ela pergunta:

"Vai me mandar mensagem?"

"Claro."

5

Você narra:

O céu entrou em erupção e no solo há cinzas brancas. O cachorro nunca viu neve antes. Ele alterna entre saltitar pelas superfícies planas congeladas e ficar imóvel, apesar do pequeno tremor nas patas traseiras. Sua avó nunca tinha visto neve até o ano em que você nasceu, enquanto esperava sua chegada, e os flocos macios caíram numa tempestade furiosa, se acumulando no chão. Ela se ajoelhou e começou a rezar, por si mesma, pela filha e pelo neto ainda não nascido. No mesmo dia, sua mãe estava no andar de cima de um ônibus, se encolhendo enquanto um homem brandia uma arma, e ela saiu ilesa. Você não é religioso, mas ouvir uma história como essa faz um cara querer acreditar. Você imagina o fervor de sua avó, rezando pelo seu corpo ainda ganhando forma, seu espírito em gestação. Agora o corpo dela está se desfazendo, ou melhor, já se desfez. Contudo, o espírito dela está em toda parte. Você não sabe se vai voltar algum dia e ver onde ela foi sepultada, mas nesse momento, você não tem forças. Você não é religioso, mas está rezando por sua própria mãe e pai enquanto fazem a viagem de volta a Gana, de volta para casa. Seus joelhos estão no piso duro de madeira, prostrados aos pés das suas próprias aflições, quando o cachorro o cutuca nas costas. O cachorro nunca viu neve antes. A vastidão acima não tem nuvens, desprovida de formas e detalhes. Você já olhou para o céu à noite depois de nevar? Brilho laranja, a luz capturada em algum ponto. Faz a gente querer esticar o braço e tocar, por isso você ora às vezes. Se a oração é sobretudo o desejo do eu interior, então você está orando para ela fazer uma viagem segura.

Ela narra:
Não há ninguém aqui para ouvir o toque macio dos seus pés na areia dourada. A torrente morna do oceano. Só precisava me afastar. Só precisava de um pouco de paz de espírito. Só precisava respirar. O céu aqui também não tem nuvens. O azul das temperaturas amenas. Verão em janeiro. Engraçado como o tempo funciona.
Ela transpôs toda sorte de linhas para chegar até aqui. Traçou essa linha a partir de si mesma e até ele, seu pai, sozinha, só para estar perto. Não, a linha estava lá, está sempre lá, estará sempre lá, mas ela está tentando reforçar, fortalecer. Sangue e ossos cruzando as águas, cruzando continentes e fronteiras. O que é uma articulação? O que é uma fratura? O que é uma ruptura? É tudo muito difícil. A linguagem falha, especialmente quando ele não abre a boca. Só que é tudo, tipo, é demais. Então ela está alcançando um bolsão de tempo, onde não há nada além do azul das temperaturas amenas, o veranico em janeiro, a areia dourada grudada entre os dedos dos pés, o som de um corpo d'água tranquilo.

Além disso, um agradecimento. Ela é grata.

Você narra:

Tem uma obra de arte do Donald Rodney que me vem à cabeça, intitulada *In the House of My Father*. A imagem: uma mão escura, palma virada para cima, as linhas da vida cruzando a pele; no centro da palma da mão, uma casinha, construção frágil, presa por vários alfinetes. Muitas vezes lhe vem à cabeça esse tipo de imagem, ou algo parecido, quando você percebe que carrega a casa do seu pai, o que significa que também carrega uma parte da casa que ele carregava, a do pai de seu pai, e que esse homem teria feito a mesma coisa. Seu primeiro instinto é fechar a mão em punho, esmagando a coisa, deixando o peso deslizar para o chão; mas talvez fosse necessário abrir as portas, vasculhar os cômodos que estão iluminados, olhar para os que não estão, para ver o que, até agora, ainda não foi visto. Então deixar essa casa, em paz, com a paz, tanto a dele quanto a sua, intacta.

Você sabe o que significa ter que traçar a linha por si mesmo. Sabe o que significa ter uma raiva intensa derretida quando seu pai ri tanto da própria piada que as lágrimas escorrem pelo rosto, escorrem, escorrem. Pegam você desprevenido. Alguns anos atrás, e você teve que se desviar para a escuridão de um beco e chorar. O fluxo de lembranças como o arrastar do oceano, a lembrança de um homem para quem o amor nem sempre era sinônimo de cuidado. Você chorou como na vez em que ele o deixou na loja e não voltou. Seu choro baixinho e fraco. Você chorou como uma criança chora pelo pai. Que irônico. Aliás, o que é uma articulação? O que é uma fratura? O que é uma ruptura? Sob quais condições o amor incondicional acaba? A resposta é que você nunca vai deixar de chorar pelo seu pai.

Nem sempre você gosta daqueles que ama de forma incondicional. A linguagem nos falha, sempre. Coisinhas frágeis, essas palavras. E tudo entra em colapso diante da verdadeira gratidão, que nem mesmo um *muito obrigado* pode alcançar, contudo um muito obrigado a ela também.

Ela narra:

A linguagem falha, e às vezes nossos pais também. Todos falhamos uns com os outros, às vezes pequenas falhas, às vezes grandes falhas, mas veja, quando amamos, nós confiamos, e quando falhamos, nós rompemos essa articulação. Ela não quer que isso se rompa e talvez isso não seja possível, mas não quer descobrir. Ela também não é religiosa, mas sabe o que deseja.

Está ansiosa para voltar para casa, para um lugar familiar onde a coerência e a clareza possam se manifestar.

6

"Você já comeu?"

"Não, cara."

"Vou pedir. Chinesa, indiana, tailandesa, caribenha?", você pergunta.

"Se você pedir caribenha, ela nunca vai chegar. Chinesa?"

"Chinesa é sempre uma aposta segura", você diz.

Você tem o telefone preso entre a orelha e o ombro, a cesta de compras do supermercado balançando no outro braço.

"O que você quer? Do pedido", você acrescenta.

"Me envia o cardápio. Alguma coisa com frango, na real. Ou não, costelinhas. Umas costelinhas, por favor."

"Feito. Te vejo daqui a pouco."

Já em casa, na cozinha, você tira da sacola aquelas coisas de que sabe que ela gosta, mas que não costuma ter na despensa: batatas fritas agridoces, leite de soja, saquinhos de chá Earl Grey. Vocês só vão dar uma olhadinha nas amostras de fotos que você tirou na semana passada para o projeto de fotografia em que estão trabalhando juntos, mas quer que ela se sinta confortável, que se sinta em casa.

A casa está tranquila demais, ou antes está ruidosa dada a ausência de outras pessoas. Seus pais ainda estão em Gana, celebrando o ciclo de vida de sua avó. Seu irmão mais novo voltou para a universidade. Você está em casa sozinho. O silêncio é algo que você costuma desejar numa casa tão cheia, mas algo está faltando. Toda vez que está na casa dela, pode ter certeza de que o alto-falante portátil está fazendo o som ressoar pela sala. O que tocar? O que garante que você não está exagerando? Provavelmente não esse pensamento, mas agora é tarde demais.

Quando a batida na porta vem, é um homem robusto e sorridente segurando um saco de papel pardo manchado de óleo. Ela dobra a esquina da sua casa com pressa, passando pelo portão quando o entregador sai.

"Desculpe, desculpe." Vocês se abraçam à porta e, enquanto você se afasta, ela diz, "Posso ser honesta?"

"Vá em frente."

"Eu não tenho uma desculpa, na real. Só me atrasei. Estava com preguiça."

"Não esquenta com isso. Entra."

Ela absorve os arredores como um viajante mapeando novas terras. Você observa os olhos dela deslizarem sobre as fotografias penduradas no corredor, descobrindo o que leva ao que, se orientando depressa.

"São só você, sua mãe e seu pai?"

"Meu irmão mais novo também. Ele está na universidade, mas volta pra casa nas férias. E sempre que dá na cabeça dele, para ser honesto."

"Qual é a diferença de idade? Esse é ele?" Ela aponta para uma foto de vocês dois, braços em torno dos ombros um do outro, já próximos do riso solto, tirada em um casamento no ano passado.

"Cinco anos", você diz, assentindo. Em certos dias, como hoje, quando ele ligou e tirou com a sua cara porque ela ia passar aí, as provocações gentis desencadeando um toma lá dá cá que nunca é depreciativo, sempre marcado por risadinhas rítmicas que não combinam muito com os corpos crescidos, em certos dias, como hoje, a distância é curta e fácil. Esse é seu irmão, parceiro no crime, oponente teimoso, um cara gentil. E em outros dias, como hoje, na mesma conversa telefônica, quando o riso se desfez e você conseguia ouvir sua respiração ofegante, conseguia ouvir o pânico no corpo dele tentando aflorar, conseguia ouvir as lágrimas, e ele pediu para ajudá-lo, para cuidar dele, o que não era um problema, nunca é um problema, só que você tem feito isso há anos, sobretudo quando o amor do seu pai falhou, quando seu pai estava longe, em corpo ou em espírito, e a responsabilidade coube a você, sem muita escolha, e foi complicado, bastante difícil para uma criança cuidar de si mesma e de outra, impossível fazer isso sem que um ou outro fosse negligenciado, em outros dias, como hoje, você é lembrado de que a distância é grande e difícil. Esse é seu irmão, seu encargo, seu dever, seu filho.

"Você é a cópia da sua mãe", ela diz. Olha para uma foto de seu pai, mas não pergunta, então você não conta.

Ela continua a mapear a rota usando a familiaridade, indo em direção à cozinha para encher a chaleira.

"Chá?"

"Não devia ser eu a oferecer?"

"Bem, agora estou aqui." Ela tenta um armário, tenta outro, e encontra o Earl Grey. Ela flagra você sorrindo.

"O que foi?"

Você balança a cabeça.

"Pra onde vai mais tarde?"

"De volta à minha antiga escola. É um longo caminho."

"Você está fazendo coisas de ex-alunos? Falando com as crianças?"

Ela ri.

"Algo assim. Leite?"

"Não, obrigado", você diz, abrindo a geladeira e passando para ela a caixa do leite de soja. "Tive que fazer algo parecido no ano passado."

"Onde você estudou?"

"Em Dulwich."

Ela para. "Você estudou *naquela* escola?"

"Não naquela, mas em uma perto dela. Mesma fundação. Grupo de pessoas parecido. Mesma mensalidade."

"Como isso foi acontecer? Estou interessada."

Por um feliz acaso, tomando um caminho diferente. Você não gostou da escola maior, só para rapazes, com aqueles terrenos amplos e uma sensação de desconforto que pode vir a reconhecer como predisposição implícita. Mas o percurso de volta para casa, em uma rota alternativa, tentando evitar vias em obra, vai trazer um vislumbre da escola menor, mista. *Menor* aqui é um termo relativo: você não consegue ver a que distância a escola se estende, mas, a julgar pelo gramado imaculado, que precede a carcaça despojada do edifício principal de tijolos vermelhos, vai se mostrar maior do que seu eu pré-adolescente nem sequer pode imaginar.

Essa vai ser a última série de provas que você vai fazer e a última oferta que vai receber. O homem gentil — você vai aprender que gentileza raramente é suficiente, mas, se for reforçada por um certo conhecimento e consciência, pode ser — fala com você sobre o Arsenal e o United na "entrevista". No salão principal, ele vai direcionar você para os biscoitos: uns amanteigados espessos e farelentos dispostos em fileiras, servidos por uma jamaicana com um único dente de ouro, com quem você vai fazer amizade mais tarde. Sua mãe não diz exatamente o que foi dito; o professor entrevistador nunca lhe diz o que escreveu na carta de recomendação para garantir que vocês não tivessem que pagar por essa educação no ensino médio de uma escola de elite. Antes de sair, ele aperta sua mão pequena e esguia, a dele grande e cheia de veias, trazendo você para perto, como se para abraçar.

"Precisamos de mais crianças como você, jovem."

Diante da sua expressão inerte:

"Precisamos de mais crianças negras. Precisamos mesmo."

"Bee-leeeeza", diz ela. "Isso faz sentido."

"O que faz?"

"A razão da gente se dar tão bem. Mesma coisa. Sete anos... interessantes."

Ela olha para a bancada atrás dela, o corpo preparado para saltar e se sentar sobre o balcão, mas decide não fazer isso.

"Como era pra você estar na escola?", você pergunta.

"Era... muita coisa. Nunca senti que não era bem-vinda, mas sempre tinha algo que fazia com que eu me sentisse deslocada."

Você também era fácil de se gostar por uma infinidade de razões, muitas das quais não conseguia compreender. Não devia haver motivo para o grupo de jovens de dezesseis anos, vendo sua carcaça magricela e confusa, incerto de como conseguiu se afastar tanto do prédio que abriga sua coorte, se aproximar com a intenção de fazer amizade.

"Você parece perdido, mano."

"Estou."

"Pra onde você está indo?"

"Primeiro ano."

Eles o acompanham, grato por esse destacamento de segurança improvisado.

"Quem é a sua professora-responsável?"

"Srta. Levy."

"O quê? Ela era a nossa professora. Diga que a gente manda um olá."

Um deles o estuda mais de perto.

"Ele se parece com o Gabs, não é? O que você acha, Andre?"

Andre dá um grunhido, sem se comprometer. Gabs, quando vocês se conhecem, é um garoto nigeriano enorme, dono de uma astúcia charmosa e de sorriso fácil. A comparação é óbvia, um tanto preguiçosa. Ao se deparar com esse suposto *doppelgänger*, perguntas surgiram: Somos parecidos um com o outro? Estamos todos predestinados a ser iguais? Você também tem essa sensação estranha, Gabs, a fisicalidade disso, algo sólido e pesado em cima do peito, como um disparo de algo explícito que não pode ser absorvido facilmente? E, se sim, tem um nome para isso?

Em vez de perguntas e respostas improvisadas, vocês executam um cumprimento de mão complicado e natural, para a alegria dos espectadores. Vocês não falam muito um com o outro, mas acenam com a cabeça ao sair, entendendo o que não foi dito.

"Posso perguntar..."

"Três. Eu e mais duas garotas. Você?" Ambos estão no sofá agora. Ela acerta sua mão com o joelho enquanto levanta os membros para ficar de pernas cruzadas. Ela calculou mal, ou talvez isso seja uma manifestação precisa de um desejo não dito; de qualquer forma, nenhum dos dois diz nada quando a perna dela descansa contra a sua, sua mão agora repousando em cima da coxa dela.

"Quatro. Dois garotos, duas garotas. Na série anterior não tinha nenhum", você diz.

"Solitário, não é?"

Como disse Baldwin, você começa a pensar que está sozinho nessa, até ler. Nesse caso, dois livros estão sendo escancarados até marcar a lombada, apesar de você não se lembrar de algumas dessas páginas. Ela está olhando para você, e aqui não há nenhum lugar para se esconder, nenhum lugar para onde ir. Um encontro honesto.

"Às vezes. Mas tinha algumas pessoas bacanas. E descobri alguns jeitos de lidar com isso", você diz.

"Sério?"

"Sério. Estava sempre na biblioteca ou na quadra de basquete."

"Claro, você jogou basquete."

Uma atividade que parece totalmente arbitrária, mas que é tudo menos isso. Na primeira vez, todos ficaram em um semicírculo e o treinador mostrou os movimentos — um salto, pegar, dois passos, se esticar na direção do aro, bater de leve de encontro à tabela, a bola deslizando pela rede. Ele disse que as coisas não viriam de imediato, não, isso exigiria prática. A confusão quando você pegou a bola e fez isso pela primeira vez. Faça de novo. Não foi um golpe de sorte. Você simplesmente *entendeu*.

Como é que se articula uma sensação? Havia uma sensualidade nos movimentos bruscos que você fazia em direção à cesta. Sentindo em vez de saber; sem saber e sentindo que estava certo. O momento se esvai e se perde. Você ganhou uma nova pele. Ultrapassou algo, o trauma, a sombra de si mesmo. Aquilo era expressão pura. Os passos eram rápidos e seguros, convictos como a intenção do pincel sobre a tela. Não, você não *apenas* jogou uma bola pelo aro. Você conquistou uma nova forma de ver, uma nova forma de ser.

Aquele jogo, aquela vida, te deixou magro. A camiseta abraçava seu peito, braços longos e fortes pendendo soltos do tecido. O tempo é que vai fazer isso. Você media o tempo na rapidez com que conseguia subir e descer a quadra, o rangido das solas de borracha rígidas um cronômetro sonoro. Durante os últimos anos, às sextas, você foi relegado ao pavilhão esportivo menor, onde as marcações das quadras de badminton se cruzavam com seus marcadores de pontuação. O basquete foi uma decisão tardia nesse espaço, os limites da quadra apertados contra as paredes. Era preciso abrir a porta de saída de incêndio para suavizar a ardência do cloro que vinha da piscina nas proximidades. O lugar também era quente. Só você. Às vezes, um companheiro de equipe participava na primeira hora; quando a fadiga começava a tomar conta dos corpos, eles partiam, enquanto você continuava a calcular ângulos, a arremessar até que o zunido da bola através do aro produzisse o som de um estalo violento. Treino? *Estamos falando de treino?* Você não tinha uma compreensão real da sua habilidade — uma benção, uma maldição —, mas sabia que isso era algo que devia fazer. Sobretudo após a lesão, o ombro fora da articulação como um botão aberto. O trauma o torna ponderado.

Você queria meter uma bola dentro do aro e repetir. Não queria ter de pensar no que significava perambular pelos intermináveis hectares do terreno, a série de coincidências e condições que confirmavam seu lugar ali, gritando no silêncio. Você não queria ter de pensar no que foi visto quando ofereceu um sorriso no corredor; a discrepância entre o que eles achavam que sabiam e o que era verdade assustava você. Você não queria jogar um jogo em que não tinha voz nas regras, ou na arena.

Então, você recuou — ou digamos que avançou — para a quadra de basquete. Foi um lance para ficar mais perto de si mesmo, então foi um progresso, não? Você queria escavar uma casa aqui, no piso de madeira com marcações desbotadas. Você queria se esticar para além dos contornos do seu corpo. Você queria respirar tão forte que acabou ficando sem fôlego. Queria suar. Queria sofrer. Queria lançar uma bola do meio da quadra, a esfera laranja girando cada vez mais rápido enquanto se aproximava da cesta; a rede fazendo um estardalhaço quando o couro atinge a corda. Você queria sorrir, erguendo as mãos em júbilo. Você só queria sentir algo como alegria, mesmo que fosse pequena.

Você só queria ser livre.

"E você?"

"E eu?"

"Qual era o seu lance?"

"Meu *lance*?"

"Você está me fazendo parecer meio maluco. Qual é. Uma criança negra em escola particular? Todos nós tínhamos um jeito de manter a sanidade. Mesmo que fosse algo só seu."

Ela assente, aprovadora.

"Sei disso. Dança. Esse era o meu lance. Ainda é." Você sente o corpo dela se acomodando no sofá enquanto fala. "Quando alguém nos vê — estou falando do dia a dia, sabe — somos só *isso* ou *aquilo*. Mas quando estou fazendo o *meu* lance?" Uma pausa, enquanto a memória a retém, cálida, densa, reconfortante. "Quando estou fazendo o meu lance, sou eu que escolho."

O silêncio é semelhante a qualquer que seja a memória que a tenha dominado, e vocês dois se contentam em mergulhar nele por um momento. Um grunhido distante se aproxima e ronca, como um trem vindo em alta velocidade pela estação, e ela pergunta, "Vamos comer?".

É fim de tarde e o céu está escurecendo. Ela coloca o último prato no escorredor e fecha a torneira.

"Acho que tenho que ir logo."

"É só isso que você está vestindo?", você diz, de uma forma que espera parecer atenciosa, não como se estivesse julgando. É aqui que você percebe como a silhueta dela é elegante e esguia. Ela está usando uma blusa de gola alta branca e uma saia pareô preta, meia-calça preta, e veio só com a roupa do corpo.

"Pois é", diz ela, olhando pra baixo. "Vou sentir frio, não vou?"

"Leva o meu moletom com capuz."

"O preto? É o seu favorito."

"Leva. Você pode devolver ou eu vou buscar, ou algo assim."

"Você tem certeza?"

"Vou pegar no meu quarto."

"Posso ir junto?"

"Sim."

"Pode me levar de cavalinho até lá em cima?"

"Ahn, claro", você diz. Você se vira, dobrando um pouco os joelhos. Os dedos dela encontram um suporte firme e sensível nas saliências entre a clavícula e as omoplatas, e ela se refugia nas suas costas, encostando a bochecha na lateral do seu pescoço. Com as coxas dela nas suas mãos, você faz o curto trajeto com facilidade.

"Não sou muito pesada, sou?"

Você balança a cabeça enquanto ela desmonta. Ela não era pesada, mas havia uma robustez que não combinava com a figura esbelta que você analisou na cozinha. O que significa que havia mais vida nas suas mãos do que você esperava.

"Caramba."

Ela projeta a cabeça noventa graus para ler as lombadas das torres de livros na sua mesa. Ela se empoleira na beira da cama. Os olhos dançam pelos títulos.

"Sinto falta de poder ler qualquer coisa. Estou cursando literatura inglesa na universidade", acrescenta.

"Ah. Bem, fique à vontade pra pegar qualquer coisa emprestada."

"Estou lendo um livro ótimo no momento: *The Same Earth*, do Kei Miller. Mas vou voltar", diz ela, presente, mas nem tanto. "Talvez", alcançando o montinho menor, uma pilha para a qual você sempre retorna, "para um pouco de Zadie."

"Boa escolha."

A estação de Bellingham fica a uma curta distância a pé, e vocês cortam caminho pelo parque. Em uma área fechada, quatro jovens se reúnem para jogar basquete em um dia sem a névoa e a atmosfera sombria que a primavera pode trazer. Três estão vestidos para a ocasião, um não. Este último segura um cachorro pequeno e barulhento em uma coleira, enquanto distribui dicas para o sucesso.

"Segure a bola com uma mão... não, essa é só pra apoio. É isso aí."

Um dos outros jogadores, agora imbuído de novos conhecimentos, faz um arremesso em direção ao céu. O arco é bom, mas conforme a bola gira no ar, fica claro que a teoria não vai se aliar à prática. A bola evita tudo o que pode: tabela, aro, rede. O jovem ignora as provocações, recolhendo a bola, assumindo a posição, disposto a tentar de novo.

Ela acompanha seu ritmo enquanto você faz seu percurso habitual — descendo a colina, cortando o parque, ao longo da rua principal dessa pequena localidade londrina, completa com seu Morley's e a loja de bebidas, o restaurante de comida caribenha para viagem, o pub sempre vazio — até o topo da pequena encosta onde a estação espera.

"Acho que isso é um adeus."

"Por enquanto", você diz, esperando que a decepção não transpareça. Você não quer que o tempo juntos acabe.

"Por enquanto. Te vejo em breve. Agora meio que tenho que", ela diz, dando uns puxões no moletom. "Te encontro antes de voltar pra Dublin."

O gemido escapa antes que você consiga disfarçar.

"O quê?", ela pergunta.

"Isso é longe."

"É mesmo", ela diz. "Mas vou voltar." O trem para e ela encosta o cartão Oyster no leitor eletrônico, entrando no vagão. Os dois acenam quando as portas se fecham. Ela sorri para você enquanto se acomoda no assento, acenando mais uma vez. Você começa a fazer o mesmo, perseguindo o trem de modo teatral, estimulado pela risada dela. Você corre, acena e ri até que o trem ganhe velocidade e a plataforma acabe. Ela escapa do enquadramento, até ficar só você na plataforma, um pouco sem fôlego, um pouco extasiado, um pouco triste.

7

E não foi naquele dia, nem no dia seguinte, mas algum tempo depois disso que você chorou na cozinha. Você estava sozinho em casa há mais ou menos uma semana. Fones de ouvido lançando som ao silêncio, um cantarolar melodioso intercalado com percussão criados para fazê-lo marchar rumo a si mesmo. Em um ritmo fácil, o rapper confessa sua dor, e aí você para e se pergunta, *Como está se sentindo? Seja honesto, cara.* Você está varrendo a sujeira dos ladrilhos da cozinha, chegando até os cantos para alcançar as particulazinhas mais solitárias. Movendo a escovinha e a pá numa cadência tranquila, você começa a confessar sua alegria, sua dor, sua verdade. Você liga para a sua mãe, mas ela ainda está distante, lutando contra a dor da morte da mãe dela. Você quer dizer que sente falta da mãe dela, confessar que perdeu seu Deus no dia em que sua avó perdeu o corpo e ganhou espírito, dizer a ela que você não conseguiu enfrentar a própria dor até agora. Ela ia precisar de você intacto, pensa. Então interrompe a chamada que iniciou. Você liga para o seu pai, mas sabe que ele não vai acertar as palavras. Ele vai se esconder atrás de um pretexto, vai dizer para você ser homem. Ele não vai dizer o quanto também está sofrendo, embora você possa ouvir o tremor no timbre da voz dele. Você desiste da chamada. Você liga para o seu irmão, mas ele também carrega a casa do pai de vocês. Ele não vai acertar as palavras.

Então você está na cozinha, e está sozinho, mas esse tipo de solidão é novo. Algo se desfez. Você está com medo. Você sabe o que deseja, mas não sabe o que fazer. Essa dor não é nova, mas é estranha, como encontrar um rasgão num pedaço de tecido. Você chora tanto que se sente frouxo e maleável e mole como um recém-nascido. Você quer puxar e empurrar e voltar a juntar seus pedaços. O fone de ouvido escorrega da cabeça enquanto você desliza até o chão, frouxo e maleável e mole. Você está chorando como um recém-nascido. Está sozinho. Você não se sente no ritmo. Mas não há nada tocando. A música parou. Uma quebra: também conhecida como quebra de percussão. Uma ligeira pausa onde a música se solta de seu ritmo bastante tenso. Você anda avançando e avançando e avançando e agora decidiu diminuir a marcha, dar uma parada e confessar. Você está assustado. Você vem temendo esse transbordamento. Vem sentindo medo de se dilacerar. Vem sentindo medo de não se recuperar, de não sair intacto. Você perdeu o seu Deus, então não consegue nem orar e, de qualquer forma, a oração é só uma confissão do próprio desejo, e não é que você não saiba o que deseja, é que não sabe o que fazer em relação a isso. Você está de joelhos e a música parou e você está chorando como um recém-nascido. Sua mãe liga. Você recusa a chamada. Ela ia precisar de você intacto e você não está assim. Você precisa enfrentar isso sozinho, pensa. Algo se desfez. Sua taça transbordou e agora está vazia, o fluxo cessou, mas você ainda está frouxo e maleável e mole. Você quer puxar e empurrar e voltar a juntar seus pedaços, então se levanta dos ladrilhos frios da cozinha. Sai aos tropeços da cozinha para o corredor, chegando às escadas. O choro diminuiu, mas você ainda se sente fragilizado. Você olha para o espelho na parede e, embora a música tenha parado e o ritmo se dissipado, você confessa sua alegria, sua dor, sua verdade. Você para e se pergunta, como está se sentindo?

A música que estava tocando quando a instabilidade das coisas acabou se transformando em um dilúvio era "Afraid of Us", do Jonwayne, apresentando o *sample* de um grupo de cantoras negras, uma das quais era a mãe da Whitney Houston, Cissy. De forma isolada, o zum-zum da melodia arrepia os pelinhos do braço, arrepia algo dentro de você. Você já teve medo do que está dentro de você, daquilo de que é capaz? Enfim, quando você passa um paninho no dilúvio e tudo o que resta é o ladrilho brilhante da cozinha e seu corpo um tanto precário, amolecido pelas lágrimas, você fica na sua sala, ouvindo "Junie", da Solange. Você ergue os braços numa alegria descontraída, grato por estar vivo. Tamanha simplicidade na gratidão. Há uma progressão simples também nessa ode ao cantor de funk Junie Morrison. O que significa que tudo vem de outra coisa. O que significa que da sua dor sólida surge uma genuína alegria. O que significa que, movendo-se pela sala de estar, concedendo a liberdade a si mesmo, existir, tamanha simplicidade nisso, na vivacidade enigmática e rítmica dos tambores, sequência ostensiva de graves do baixo, ostensivos e impensados nos seus passos, se aproximando do êxtase, perdendo o controle daquilo que sabe, perdendo aquilo que sabe. Trazido ao mundo renovado, trazido ao mundo mudado, trazido ao mundo liberto. Esquivando-se de algumas coisas, do trauma, das sombras de si mesmo. Isso é pura expressão. Pergunte a si mesmo aqui e agora, enquanto começa a se movimentar com passos rápidos e leves, os pés descalços deslizando pelo chão, um leve suor se formando: pergunte a si mesmo aqui e agora, como está se sentindo?

No verão passado você se fez a mesma pergunta e encontrou uma névoa fina que obscurecia sua forma e seus detalhes. Você se viu no próprio quarto, inconsciente da dor, até que se levantou e sentiu uma pontada do lado, como se tivesse sido perfurado por um espinho deslocado. Você se vestiu com calma e pegou um ônibus de Bellingham a Deptford, até um bar debaixo dos arcos escuros da estação, onde diziam que os músicos se reuniam e, canalizando as vozes através dos vários instrumentos, perguntavam uns aos outros, como está se sentindo?
 Você estava incomodado com a própria névoa, com sua falta de forma e detalhes. Mas você fez uma escolha, estar lá, querer mudar, querer se mover, e havia poder em alcançar a si mesmo dessa maneira. Você pensou na intenção de ser, e em como isso podia ser um protesto. Em como todos vocês estavam aqui, protestando; reunidos, vivendo a vida

numa boa. Derramando bebidas nas calçadas. Duas por dez libras. Estão todos bebendo agora, mas antes não tinham sido autorizados, não, aquela mesa estava reservada, a noite inteira, e você só queria beber alguma coisa antes da festa ali ao lado, mas não, o que lhe dizia respeito não estava de bom tamanho para eles. Você engoliu essa e se juntou ao grupo, o lance é viver a vida numa boa. Derramar uma bebida na calçada, a espuma caindo sobre o asfalto como os respingos do mar.

A música atraiu todos para dentro. Tem um jeito de tocar a bateria que faz os quadris se moverem e os pés saltitarem. Quando uma amiga — principiante — perguntou a outra — veterana — como era, ela disse, "Os ancestrais nos visitam e a gente deixa que eles assumam o controle". Talvez os ancestrais estejam sempre no âmago e os deixamos emergir. Você viu aquilo na cabeça que se sobressaía de uma cabeleira encaracolada. Você viu aquilo nos ombros dançantes, na curva delicada das costas. Você viu aquilo no suor se acumulando nas pequenas ondas de *baby hair*, na base de um apanhado de tranças, aninhado no crespo natural oleado; a ascensão e a queda do corpo negro, não, da personalidade negra, movendo-se por conta própria, a beleza dos traços, a audácia despreocupada nas feições alegres, o brilho de um trompete embalado por uma mão escura sob a luz, os lábios de um MC roçando o microfone; estavam deixando alguma coisa ir, não se trata de vocês, não, porém estavam deixando alguma coisa passar, ou talvez fosse como mergulhar num oceano, o piche pegajoso do trauma levado embora pelas ondas.

Dancem, você disse. Dancem, cantem, por favor, façam o que têm de fazer; olhem para os vizinhos e entendam que eles estão na mesma posição. Virem-se para os seus vizinhos e deem um passo à frente enquanto eles dão outro passo para trás, troquem de posição, mexam-se, mexam-se, mexam-se, sejam inundados pela água, deixem a água purificá-los, deixem o trauma subir como vômito, soltem o jorro, vão em frente, deixem o jorro se espalhar pelo chão, livrem-se de toda essa dor, livrem-se de todo esse medo, livrem-se. Vocês estão seguros aqui, você disse. Vocês são vistos aqui. Vocês podem viver aqui. Estamos todos sofrendo, você disse. Estamos todos tentando viver, respirar, e somos impedidos por aquilo que escapa ao nosso controle. Descobrimos que não somos vistos. Descobrimos que não somos ouvidos. Descobrimos que fomos rotulados de forma injusta. Nós que somos os barulhentos e os raivosos, nós que somos os ousados e os impetuosos. Nós que somos pessoas negras. Descobrimos que não dizemos as coisas do jeito que são. Descobrimos que estamos com medo. Descobrimos que somos reprimidos, você disse. Mas não se preocupem com o que veio antes, nem com o que virá depois; mexam-se. Não resistam ao chamado de uma bateria. Não resistam à batida de um bumbo, ao toque de uma caixa, ao tinir de um prato. Não enrijeçam os corpos, mas fluam como água corrente. Fique aqui, por favor, você disse, enquanto o jovem pegava uma campana, movendo-o de uma forma que o fez se perguntar, o que veio primeiro, ele ou a música? O som reverberante é perfeito, pouco convencional, esgueirando-se por entre os metais e a percussão. Você consegue ouvir as cornetas?

Sua hora chegou. Desfrute da glória, pois ela lhe pertence. Você trabalhou em dobro hoje, mas isso não é importante, não aqui, não agora. Tudo o que importa é que você está aqui, que está presente, não está ouvindo? Isso se parece com o quê? Liberdade?

8

"Estou me sentindo pra baixo."

"Você está bem?"

Você está deitado na cama, pés apoiados na parede, observando o teto semelhante a um céu imóvel. Você está ao telefone, rompendo a distância, não pela primeira vez, nem pela última. A voz dela rodopia na sua direção através de uma leve estática e você tenta mapear sua direção, imaginando a onda sonora flutuando de um lugar que você nunca viu.

"Posso ser honesto?"

"Sempre."

"Estou muito cansado."

Com a confissão, a verdade imbui seu eu de forma e detalhe. Você ouve a respiração suave dela e sabe que ela entende que você não está cansado daquele jeito que o sono pode resolver, não. Você está esgotado. A alegria não desapareceu, mas a dor é muita, é frequente. E, como disse o Jimmy, você começa a pensar que está sozinho nessa parada, até que ela diz:

"Eu também."

"Como você lida com isso?", você pergunta.

"Eu fumo. Eu bebo. Eu como. Tento me mimar com frequência, tento me tratar bem. E eu danço."

"Fale mais sobre. Por favor."

"De fumar ou de beber?"

Os dois dão risada e você a ouve mudar de posição, talvez se sentando.

"Gosto de me mover", ela começa. "Sempre gostei. Costumava me flagrar no parquinho dançando melhor que *todo mundo*. É meu espaço, sabe? Estou abrindo espaço e dançando no espaço. Estou, tipo, dançando dentro do espaço que a bateria deixa, sabe, entre o bumbo e a caixa e os pratos, onde se encontra aquele silêncio, aquele vasto silêncio, aqueles momentos e espaços que a percussão está pedindo pra você preencher. Danço pra respirar, mas muitas vezes danço até ficar sem fôlego e transpirando e sentindo todo o meu ser, todas aquelas partes do meu ser que nem sempre consigo sentir, não sinto que estou autorizada a sentir. É o meu espaço. Faço um mundinho pra mim, e eu vivo."

"Uau."

"Desculpa, isso foi coisa pra caramba."

"Não, não se desculpe. Nunca ouvi ninguém falar de dança desse jeito, é da hora. Tem uma noite às quartas em Deptford, bem pertinho de você... a música é jazz, mas tem algo de diferente naquele ambiente. Uma energia que é muito... muito libertadora. Um monte de gente negra simplesmente sendo elas mesmas."

"A gente precisa ir lá quando eu voltar pra Londres. Não tem nada assim em Dublin."

"Eu topo."

Você coloca o telefone no viva-voz e deixa as pernas desabarem na cama. Descansando o corpo de lado, as duas mãos aninhadas debaixo da cabeça como se estivesse em oração. Desejando paz. A respiração suaviza. Você ouve a dela também, ambos inspirando e expirando, fluxo e refluxo, o oceano separando os dois. Em algum momento, na agitação silenciosa, você ouve um ressonar. Você desliga sem fazer barulho, esperando não acordá-la.

9

"Quer um biscoito?"

"Ahn..."

"Vá em frente. Pegue alguns."

A mãe dela coloca uma grande lata prateada na mesinha à sua frente, uma variedade de biscoitos empilhados uns sobre os outros. Você pega dois de trigo integral e mergulha um na xícara de chá. O biscoito amolece e a metade afunda no Earl Grey.

"O que está passando agora?", pergunta a mãe para ninguém em particular, apontando o controle remoto para a televisão. Pulando de um canal para o outro, ela se decide pelas Olimpíadas de Inverno. Vocês dois assistem quatro humanos deslizando em uma pista de corrida esculpida em blocos sólidos de gelo, em um carrinho alongado no formato de um seixo liso e comprido.

Você está aqui, na casa dela, pelo seu moletom com capuz. Vocês deveriam ter se encontrado pouco antes de ela voltar para Dublin, mas nessa cidade muita coisa conspira para impossibilitar reuniões e compromissos. Era um domingo de fevereiro e os dois assistiram ao cancelamento de trem após trem antes de desistir. Então agora você está aqui, sem a presença dela, cuja ausência é ainda mais pesada. Você está aqui, na casa dela, pelo seu moletom com capuz, o qual você esperava pegar e cair fora, de volta para sua casa, onde é só você, onde o silêncio começa a zunir e zumbir de uma forma audível.

Quando você entrou, a mãe dela lhe deu as boas-vindas e perguntou se você queria uma xícara de chá. Você observou seu movimentar elegante, mas determinado, a cabeça baixa em concentração em vez de consternação, abrindo armários, retirando a lata de biscoitos.

"Que esporte ridículo", diz a mãe dela. A tela tinha mudado. Uma mulher lança lentamente um objeto em forma de pedra sobre o gelo, soltando a haste curva montada no topo. Outras duas mulheres, munidas com escovas de cabo longo, esfregam o gelo como se estivessem tentando se livrar de uma mancha. Um caminho invisível é delimitado e o objeto desliza sem nenhum ruído pelo gelo, entrando em uma zona visada com um alvo branco.

"Certo, espere um pouco." Você a ouve se movimentando em outro cômodo da casa; quando ela volta para a sala, coloca seu moletom em uma das cadeiras.

"O que você fez hoje?"

É sábado à noite. Em outros lugares da cidade, as pessoas estão se rebelando contra os deveres semanais, lotando pubs e bares e pistas de dança. Aquele calorzinho que deu as caras no início do inverno deve ter sido um delírio. Você passou o dia dentro de casa, folheou um livro de fotografias em sua escrivaninha enquanto a manhã escoava — *The Sound I Saw*, do Roy DeCarava —, e escreveu um pouco, não muito, mas alguma coisa, escreveu alguma coisa. Ficou o restante do dia enrolado em um cobertor, debruçado sobre as páginas de um romance — *NW*, da Zadie Smith.

"Amo como ela escreve", diz a mãe dela.

"Ela é a minha escritora favorita. *NW* é o livro a que retorno com mais frequência."

Talvez seja assim que devemos formular essa questão para sempre; em vez de perguntar qual é a sua obra favorita, vamos perguntar, qual continua a puxar você de volta?

No ano passado, numa noite de verão, você passou seu exemplar surrado de *NW* para a Zadie autografar. Um turbante marrom, argolas de ouro balançando nas orelhas e algo como conhecimento no rosto dela, apesar de admitir no início da noite que era permanentemente insegura. A presença dela era pacífica, branda, como a de uma pessoa sábia. Ela percebeu que você estava um pouco estranho, um pouco emocionado — seu amigo vai jurar que você estava à beira das lágrimas —, e conduziu a conversa.

"De onde a sua família é?"

"De Gana."

"Ah. Minha mãe foi casada com um ganense, por pouco tempo. Vocês são pessoas maravilhosas."

"O que aconteceu? Com sua mãe, digo."

"Algumas coisas não foram feitas pra dar certo."

Vocês falaram um pouco mais, e você tentou — e não conseguiu — explicar o que o livro significava para você. Que havia muitas similaridades entre o seu sudeste de Londres e o noroeste dela.

"Sudeste... onde?"

"Catford."

"Minha avó morava em Catford. Passei um bom tempo lá na infância."

Você sorriu, enquanto ela autografava o livro, sem conseguir dizer mais nada. Sem conseguir lhe dizer que você leu o livro dela muitas vezes e vai ler muitas mais. Dizer em que trechos fica sem fôlego, em que trechos os olhos se arregalam. Que as complexidades do desejo inseridas de forma furtiva no conforto de um parágrafo não passaram despercebidas. Você quer dizer que, quando leu o ensaio dela sobre esse romance...

O final feliz nunca é universal. Alguém sempre fica para trás. E na Londres em que acordo — como ela é hoje — na maior parte das vezes esse alguém é um jovem homem negro.

... você entendeu.

O interesse da mãe dela é despertado quando você menciona que escreve.

"O que está escrevendo, ficção?"

"Não sei. Meio que é. Na verdade, é só pra complementar a minha fotografia. Tentando encontrar outra forma de contar histórias. Mas sim, passo muito tempo com romances."

"Então", ela diz, cruzando uma perna sobre a outra. "Na verdade, existem apenas dois artifícios de enredo quando se trata de escrever: um estranho chega à cidade, ou uma pessoa parte em uma jornada. Toda boa obra é só uma variação dessas ideias."

Você pondera sobre isso quando sai. Mas e o *NW*, o livro em que ninguém ganha?

E quanto à vida que você leva? Quem é o estranho? Quem é o familiar? E quais são as jornadas deles?

Você não sabia se abraçava a mãe dela quando estava saindo e acabou se valendo do instinto, pondo rapidinho os longos braços em torno dela, sem se demorar. Ela cheirava a petricor e a um lugar que você poderia eventualmente chamar de lar.

Esperando o ônibus no escuro, você veste o moletom. Tem o cheiro dela: doce como a pétala rasgada de uma flor, doce com a lavanda arrancada do caule durante a floração no verão. Você põe os fones de ouvido e carrega o EP da Kelsey Lu, *Church*, um álbum cheio de loops orquestrais projetados para alcançar um êxtase silencioso. Você poderia estar em qualquer lugar agora, de olhos fechados, imerso na presença dela, que é mais pesada em sua ausência. Mas você está em casa, embalado pela melodia, deixando-se levar pelas quebras da percussão, a respiração leve.

10

Você está viajando no London Overground, de Shoreditch para o sudeste de Londres, quando ela liga. Nevou no início do dia, uma camada de poeira branca beirando o incômodo. No entanto, ao caminhar até a estação, o único vestígio estava em sua memória, o chão molhado agora, o ar fresco.

"Onde você está?", ela pergunta.

"Estou..." Você olha para fora e se agarra ao enorme Sainsbury's. "Chegando em Brockley."

"Voltei de Dublin. Agradeço a Deus pela semana de leitura."

"Você não ia voltar na segunda?"

É mais uma noite de sábado e o trem está barulhento graças a um grupo de torcedores de futebol falando em um volume que você tem certeza que para eles se tornou normal ao longo do dia.

"Não, hoje. Quem é?"

Você se levanta e caminha em direção à saída, colocando o microfone bem próximo da boca.

"Bando de caras. Torcedores do Palace, pelo jeito."

"Por que você está cochichando?"

"Porque está todo mundo de bom humor, mas não quero que pensem que estou falando deles."

"Justo. Olha..."

"Oi?"

"Acho que você tinha que pegar um Uber e vir pra minha casa."

"Você acha", você diz, "que eu devia pegar um Uber e ir pra sua casa?"

"Sim."

"Tá legal. Eu vou."

"Beleza. Beleza. Quando vou te ver?"

O trem chega alguns minutos depois. Ao sair correndo da plataforma para a rua, ziguezagueando em direção ao táxi, você enfrenta um estranho momento em que é lançado no futuro, se perguntando como vai se lembrar disso. Você gostaria de uma testemunha. Você gostaria que alguém o parasse e perguntasse, *O que está fazendo?*, ao que você responderia, *Estou fazendo aquilo que sinto.*

"Ei, amiga."

"Ei, amigo."

"Senti sua falta", você diz.

"Sentiu mesmo?"

"Senti."

"Bacana."

"Essa é a parte em que você diz, 'Também senti sua falta'."

"Ahn... mais ou menos."

"Não importa."

Ela sorri e joga os braços em torno do seu pescoço, o cabelo afro encaracolado fazendo cócegas no seu rosto enquanto ela o puxa para perto. Hoje foi manteiga de karité e óleo de coco. Quando se separaram, você aponta para a camiseta dela.

"Você bebe Supermalt?"

"Claro que não. Essa cerveja é horrorosa. Minha prima me deu esta camiseta."

"Como você pode não gostar de Supermalt?"

"Parece uma refeição inteira em uma garrafa. Tão pesada. Também não tem gosto bom, tem gosto de..."

Ela estremece, como se aquilo de que está tentando lembrar fosse traumático.

"O ganense em mim está ofendido."

"A menos que você queira continuar sendo ofendido, mantenha essa cerveja longe de mim." Você anda até a sala, ela até a cozinha. "Falando nisso, já comeu?"

"A menos que você conte as duas sidras que tomei antes, não."

"Vamos pedir comida. Pizza. Asinhas de frango picantes. As duas coisas."

"As duas coisas?"

"É."

"Humm", você diz, lutando para afastar o sorriso da voz.

"O quê?"

"Você nunca come toda a sua comida."

Ela dobra os braços e as feições se contraem em desdém.

"*Você* nunca come toda a *sua* comida."

"Sempre como toda a minha comida."

"Não, é justo." Ela dá de ombros. "Meu olho é maior do que a barriga. Seja como for, isso significa que sempre tenho almoço no dia seguinte."

"Essa aí eu concedo", você diz, acessando o site para pedir comida. "Sinto que uma parte importante do nosso alicerce é comer e beber juntos."

"Não acho que extrair prazer dessas coisas seja algo ruim."

"Nem eu, nem eu."

Quando a comida chega, a campainha toca, apesar de você ter dado instruções para ligarem quando chegassem aqui; ela não quer acordar a mãe. Você a ouve repreendendo o entregador, travando uma batalha que já perdeu ao chegar à porta.

Ela se senta no sofá com você, colocando a caixa de pizza entre os dois, separando uma fatia, estendendo a mão para se proteger dos fios de queijo. Você faz o mesmo, dobrando a fatia ao meio para que se transforme em comida e em prato; ela imita seu jeito e solta um suspiro de fome sendo saciada. Ao fazer isso, ao mesmo tempo que se reclina no sofá, ela estende a mão e você a segura, encaixando como se isso acontecesse todos os dias. Ela está usando anéis nos dedos indicadores e anelares, os aros frios entre seus próprios dedos. Nenhum dos dois se atreve a olhar para o outro enquanto você segura esse momento intenso nas mãos. Você está meio zonzo e quente. Ambos estão em silêncio. Ambos estão se perguntando o que poderia significar isso, que o desejo possa se manifestar dessa maneira, tão forte para um toque tão terno. É ela quem quebra o momento.

"A gente não pode comer de mãos dadas desse jeito."
"Culpa minha."
"Não é culpa de ninguém."

Ela liga a tevê, inundando a sala com barulho. É uma série do Spike Lee, então é audaciosa e provocativa e ousada. Uma releitura de um filme dele dos anos 1990, *Ela quer tudo*. O casal na tela está fazendo sexo, em voz alta, mas de uma forma limpa demais para refletir a intensa bagunça de se ser íntimo do outro.

"Você ainda está na seca?"
"Sim, senhor", ela diz. "Você?"
"Tão seco quanto um cotovelo sem creme."

Ela mordisca o lábio inferior, mas seus olhos estão sorrindo.

"Vá em frente", você diz. "Pode rir. Mas espera aí… você e o Samuel só terminaram há um mês."
"Tempo demais", ela responde.
"De acordo."
"Daqui a pouco acabo desistindo."
"Sinto que o celibato parece mais interessante do que tentar a esta altura do campeonato."
"Quanto tempo faz?"
"Oito meses."
"Hã?"
"Você ouviu direito."
"Isso não é uma seca, é uma estiagem prolongada."

Você se pergunta o que o Samuel ia pensar dessa conversa. No entanto, ele não conta nada para você, não mais. Desde que essa amizade floresceu, Samuel se afastou, ficando cada vez mais distante à medida que vocês dois se aproximavam. Quando eles se separaram, você tentou falar com ele, mas as chamadas não foram atendidas e as mensagens foram bloqueadas. Samuel tinha cortado a comunicação. Você se pergunta como ele está se sentindo e o que diria caso tivesse acesso a essa cena. Você briga com os pensamentos e toda a culpa para longe, rindo da ideia para afastá-la, pegando outro pedaço de pizza.

É mais fácil fazer isso, abrir uma caixa e fechá-la em seguida, trancar com as piadinhas afiadas. É mais fácil deixar os corpos fazerem o mesmo, seduzindo e provocando, toques breves, suspiros suaves. Levando vocês mesmos a um frenesi febril, as risadas ecoando pela sala, a barulheira protegendo suas verdades, ou assim vocês pensam. Vocês fazem isso até que ambos estejam cansados, e ela estica o corpo comprido no sofá, a cabeça apoiada no seu colo. Intenso como aquele momento em suas mãos. Você descansa uma mão no couro cabeludo dela, passando pelos cachos densos, a outra entre a cintura e o quadril.

"Não me deixe pegar no sono", ela resmunga. Pouco depois, você fecha os olhos também.

Você acorda altas horas da madrugada e é como se estivesse na lembrança do presente. Uma música tranquila sai do alto-falante. A cabeça dela, quente e pesada, nas suas mãos. Boca seca, visão turva. A sua agitação a tira do sono, e você pode ver que é a mesma coisa para ela, tentando encontrar lucidez na névoa.

"Preciso ir pra cama", ela consegue dizer. "Você devia ficar."

"Certo", você diz. Ela se levanta e você estica os membros para substituir a presença dela. Ela balança a cabeça e o chama.

Você não fala aqui, no quarto dela, onde está escuro e quente e pesado, porém acolhedor, como se estivesse sendo abraçado por algo muito maior do que você. Ela abaixa as persianas e fecha a cortina, e agora é escuridão, a luz fraca do crepúsculo se espalhando do corredor. Ela espera que você abra o cinto, desabotoe os botões da camisa, e o que sobra é um pijama improvisado de camiseta e cueca antes de ela fechar a porta e jogá-lo ainda mais no escuro. Ela sobe na cama de memória e você tateia o caminho na direção dela. Há pouco espaço para manobras, mas ela puxa você para perto. Seu rosto descansa no travesseiro e ela enfia o rosto na curva do seu pescoço. As pernas estão emaranhadas na ordem, dela, sua, dela, sua, e os braços se enrolam nas costas um do outro. Vocês se encaixam, como se esse fosse o dia a dia de vocês. Você não fala aqui, no quarto dela, onde está escuro e quente e pesado, dando passinhos rápidos e leves em direção ao sono. Você não fala aqui, mas mesmo se falasse as palavras iam falhar, a linguagem é insuficiente para refletir a intensa bagunça de ser tão íntimo do outro.

Você tem que sair quando a luz começa a se esgueirar sob as persianas. Você acorda e a inquietação diminuiu, mas deixou o caos em seu lugar. Os pensamentos pululam na sua cabeça. Boca seca, visão turva. A sua agitação não a tira do sono dessa vez, mas quando você estende a mão para a maçaneta da porta, ela emite um pequeno som de protesto. Ela estende a mão e pega a sua, prendendo, beijando a pele. Não há mais nada a dizer aqui. Você se inclina e beija o topo da cabeça dela.

No dia seguinte, você está no elevador mais uma vez, subindo para o sexto andar. Você bate na porta dela. Um sorriso aberto. Hoje você vai tirar fotos para o projeto que deu início a tudo isso, e sente um tremor nervoso ao se abraçarem, mas não sabe se é por causa do projeto ou do que aconteceu ontem à noite. Você está se perguntando como explicaria esse último lance para a testemunha chamada a depor. *Mas nada aconteceu*, você diria. A testemunha iria balançar a cabeça, como se dissesse *Você não sabe o que isso significa?* Deitados juntos, sóbrios, tendo apenas a vaga forma dela como um guia para o ato de existir, se sentindo seguro. É isso o amor? A sensação de segurança? E aqui está você, seguro na presença dela, separados apenas pelo silêncio um do outro.

"Como está se sentindo?", você pergunta.

"Estou nervosa. Sobre isso", ela diz, apontando para o equipamento da câmera que você está preparando.

"Vai dar tudo certo. Você consegue."

"Sobre a gente também." Uma hesitação. "A gente precisa…"

A campainha toca.

"Conversar", diz ela. "Eu ia perguntar se a gente precisa conversar. Mas tipo, nada aconteceu, certo?"

"Certo. Nada aconteceu."
"Está tudo bem entre a gente?"
"Com certeza. Certo?"
"Certo."
A campainha toca mais uma vez.
"Você devia atender."
"*Você* devia atender."
Os dois riem com o absurdo de tudo isso. Da sensação de se sentir absurdo.

Você passa a tarde tirando fotos do amigo dela, que é poeta. Mais tarde, muito mais tarde, você vai procurar alguns trabalhos do poeta e encontrar "Antes de partir", um poema cíclico sobre coisas que não foram ditas. Um poema sobre idas e vindas, e aquelas lacunas entre o pulso do telefone, pausas que são como quebras de percussão, onde a sua respiração é a mais ruidosa. O poeta vê palavras não ditas no abraço entre você e ela. O poeta vê tanto o tremor na água quanto a pedra que causou a ondulação afundando. O poeta vê você, o poeta a vê, e você se sente grato por encontrar alguma lucidez nessa névoa.

No jantar vocês dividem uma mesa, vocês três, e quando vocês dois estão saindo, o poeta que vê você e ela, que vê a ondulação e a pedra afundando, diz a vocês dois para ficarem longe de problemas.

O problema é que, naquela tarde, um dia depois de ela chegar, um dia depois do sonho febril começar, você está tirando fotos e ela olha para você enquanto o poeta fala. Ela perde a concentração por um instante e sustenta seu olhar por um, dois, três, antes de recuperar o controle de si mesma. Quando você revela as imagens, tem certeza de que parou de respirar e sustentou o olhar dela, um, dois, três, antes de recuperar o controle de si mesmo, e houve uma leve trepidação na câmera ao ser sacudido de volta ao presente. O problema é que esse é um problema que você aceita de bom grado. Você percebe que há uma razão para os clichês existirem, e ficaria feliz em perder o fôlego, três segundos de cada vez, talvez mais, por essa mulher.

O problema é que você não está apenas dividindo mesas de jantar com ela, está começando a compartilhar sua vida de uma forma que nunca fez antes. Vocês estão caminhando da estação até a casa dela, o brilho intenso das luzes das ruas inundando-os a intervalos. Vocês estão falando de uma peça que ambos viram, *The Brothers Size*. Você a assistiu duas vezes em sua curta temporada em Londres, e nas duas vezes viu seu ar ser roubado, lágrimas quentes escorrendo uma atrás da outra pelas bochechas. É uma peça sobre as condições sob as quais o amor incondicional *pode* acabar; no final, a gente descobre que eles nunca vão deixar de chorar pelos seus irmãos.

"Assisti também e ela me abalou, mas não sei se me abalou desse jeito", ela diz.

"Ajudei a criar meu irmão. Sei o que é amar desse jeito. Ter alegrias e sofrer, e às vezes sentir verdadeira raiva dele. Ele é meu melhor amigo, mas às vezes ele é como meu filho também."

Ela não olha para você enquanto você chora no escuro, mas ela agarra sua mão, esfregando o polegar pelo dorso. Essa proximidade, esse conforto, é o suficiente.

11

O problema é que, no dia seguinte, a névoa chega como uma neblina noturna. Você está sentado no Teatro Nacional com Isaac, entre tijolos frios e concreto, com calor, numa febre interminável. Está tendo dificuldade para se concentrar. Anseia pelo toque dela. Na noite anterior, vocês se abraçaram da mesma maneira.

"Você tem que ir embora?"

"Preciso. Tenho que devolver todo esse equipamento meio cedo."

"Quão cedo?"

"Ele quer por volta das sete."

"Que merda, isso é cedo." Ela se aninhou mais perto, como se isso fosse possível. "Te vejo amanhã?"

"Com certeza", você disse.

O problema é, e vamos explicar esse problema, sim: você está tropeçando no calor de um sonho febril e vem à tona apenas para mergulhar mais uma vez. Palavras de Donatien Grau: *Quando a mente está perdida em êxtase, não há condição para autorreflexão e autoquestionamento.* Você não está se fazendo perguntas. Não está se perguntando a respeito das condições em que você e ela se conheceram. Não está pensando naquela noite no pub quando pediu ao Samuel que apresentasse vocês dois. Não está pensando naquela noite em que todos se encontraram no apartamento dela, sua própria atração brilhando como uma pequena chama. Não está pensando no fato de que aquele amigo já não o considera mais um amigo, que já não vai retornar suas chamadas ou mensagens de texto. Não está pensando no que tudo isso parece. Não está pensando. Você está sentindo. Está em uma recordação de algo que ainda vai acontecer. Você quer suspirar com a fome saciada. Você quer abraçá-la na escuridão quente. Você quer...

"Está me ouvindo? Quer ir a um show hoje à noite?", Isaac pergunta.

"Tenho que encontrar alguém", você diz.

"Alguém, hein?"

"Colega", você insiste, no entanto, quem é que você está tentando convencer? Isaac ou você mesmo?

"Vamos beber alguma coisa antes, então. A que horas você vai ver ela?"

"Como você sabe que é uma mulher?"

"Não nasci ontem."

"O que quer dizer com isso?"

"Parece que você foi atropelado por um ônibus, sacudiu a poeira, e fez tudo de novo só pela diversão. Parece que está se perguntando quando vai ser a próxima vez que consegue ser atropelado pelo mesmo ônibus."

"Que analogia estranha."

"Estou mentindo?"

Não, não está. Você está de volta, de novo, em uma recordação de algo que ainda vai acontecer. Você quer suspirar com a fome saciada. Quer abraçá-la na escuridão quente. Quer que seus corpos digam o que não pode ser dito de outra forma.

Mais tarde naquela noite, ela pede para você ir beber com ela em Bethnal Green. Você não pensa, anunciando aos amigos que está de saída. Isaac olha com um brilho de compreensão nos olhos, mas não diz nada.

"Mas você acabou de comprar um ingresso pro show", outro amigo diz.

"Posso ficar com ele?", diz a acompanhante dele, tendo se juntado ao grupo minutos antes.

"Feito. Problema resolvido."

Você deixa os amigos, partindo num ritmo acelerado pelo Soho em direção a Piccadilly Circus. Linha marrom para Oxford Circus, linha vermelha para Bethnal Green. Você está traçando uma linha em direção a ela. Não, a linha estava lá, está sempre lá, vai estar sempre lá, mas você está tentando reforçar, fortalecer.

Seu telefone emite um sinal alto quando você sai do metrô.

Onde você tá?
Chega logo.

"Tô bêbada", ela diz quando você desliza para perto no restaurante. O brilho nos olhos dela é uma revelação, prateado como um espelho. Ela pega sua mão e a coloca no colo. Ao fazer isso ela está traçando uma linha em direção a você; ela tem feito isso desde que o sonho febril começou. Ou não, você traçou a linha em direção a ela quando pediu para serem apresentados. Ela traçou a linha de volta quando pediu para você pegar um Uber até a casa dela. A linha estava lá, está sempre lá, estará sempre lá, mas vocês dois estão tentando fortalecê-la.

É um happy hour, e ela apresenta os amigos, Nicole e Jacob. Uma variedade de copos de coquetel trepidam, batem e tilintam uns contra os outros, o ecoar do riso uma encenação. Vocês estão se ajeitando, abraçados, a cabeça dela recostada em seu ombro, quando Jacob aponta para você e depois para ela.

"Então vocês dois têm um lance, certo?"

"Como?"

"Vocês dois são..." Ele dá piscadinhas de um jeito tosco. Se ele soubesse. Esse homem branco grosseiro que passou a maior parte do tempo em que você esteve à mesa explicando a própria importância — trabalha em publicidade, ele diz — será sua testemunha? Será que você devia se inclinar e explicar que os dois não tinham um lance do jeito que ele pensava, mas de um jeito que nenhum dos dois podia compreender? Dizer que a semente que você enterrou fundo no solo floresceu na estação errada, sendo o desabrochar da flor uma surpresa tanto para você quanto para ela?

"Qual é", ele diz. "Está na cara."

"O que é que está na cara?", ela diz.

"Vocês dois tão trepando."

"Claro que não."

"Vocês estão."

"A gente *não está*."

"Somos todos amigos aqui", ele gesticula para a mesa. "Duas pessoas bonitas, não vejo o que têm pra esconder."

Talvez esta não seja a testemunha, mas o homem enviado para que vocês confrontassem a si mesmos.

"A gente não está transando", você diz.

"Humm", o homem diz, tomando um gole de cerveja. "Vocês dois dariam um belo casal." Ele sorri para si mesmo. Ela aperta a sua mão com mais intensidade. Até esse exato momento você não tinha percebido que estavam enfrentando esse homem juntos.

"Peraí, como vocês dois se conheceram?", Jacob pergunta.

"Um amigo apresentou a gente."

"Seu namorado?", Nicole pergunta, sem necessidade.

"Seu namorado apresentou vocês dois?" Jacob está na iminência de abrir caminho até o seu lado da mesa.

"Nós não estamos mais juntos."

"*Rapaz*", diz ele, se divertindo à beça.

No ar fresco da noite, andando de mãos dadas, ela o puxa com força. Ela demora um pouco para se firmar, os olhos prateados como um espelho, o reflexo de si mesmo distorcido e meio tremido. Os dois estão aqui, em Brick Lane, numa noite de segunda. Ela chegou no sábado à noite e você não pensou quando traçou uma linha até ela. Não pensou em continuar voltando todos os dias. Não pensou quando levou a mão ao rosto dela e ela roçou a bochecha contra sua palma, um breve prazer cruzando suas feições. Ela para e toma suas mãos nas dela.

"Você tem que prometer que nada vai mudar", ela diz.
"Não posso prometer isso."
"Você tem que prometer. Eu te amo demais pra isso mudar. Você é, tipo, meu melhor amigo", ela desdenha. "Você é muito mais do que isso."
"Certo, certo", você diz, tentando se manter firme. "Prometo."

À meia-luz do quarto dela, as persianas baixadas, as cortinas fechadas. Uma garrafa de água em cima da cômoda para enxotar a ressaca. Quase nunca funciona, mas não custa nada tentar. Enfim, ela anuncia que tem que vestir o pijama e você lhe dá as costas, porque nesse momento a coisa na qual anseia por se perder não é a carne dela. Ela bate no seu ombro e desliza a mão até sua cintura para virar você de frente para ela. Ela sobe nos seus pés e encosta a cabeça no seu peito, ouvindo seu coração bater como as notas de um baixo.

"Lento. Está lento mesmo. Deve estar tranquilo aí dentro."

Ela sobe na cama e deixa o edredom aberto como uma porta. Como na noite passada e na vez anterior a essa, ela espera enquanto você despe eventuais inibições a essa hora da madrugada. Você sobe ao lado dela e ela balança a cabeça.

"A luz. Por favor."

Antes de desligar o abajur, seus olhos se encontram no silêncio. O olhar não requer palavras. É um encontro honesto.

"Boa noite", ela diz.

"Boa noite." E por um momento você emerge do sonho febril, apenas para mergulhar mais uma vez.

Esta noite é diferente, mas é a mesma coisa. Ela desliza uma perna entre as suas e se puxa para perto, e os profundos movimentos de inspiração e expiração se suavizam e sincronizam. Você sente o corpo dela começar a relaxar e afundar no sono quando ela desliza a perna para fora e se afasta de você. Você se deita de costas voltando-se para a escuridão imóvel do teto quando sente a mão dela batendo em você.

"Você está bem?"

"Braço", ela diz.

"Hã."

"Braço."

O braço que não está preso entre o corpo dela e o seu se estica na direção dela, e ela o puxa sobre o corpo como um cobertor, se enrolando bem firme. O pé dela traça linhas no seu, por fim acomodando o membro inferior entre suas panturrilhas. Ela desliza um pouquinho para baixo na cama, para poder se enfiar no espaço entre o seu peito e o queixo, o afro de cachos macios fazendo cócegas no seu pescoço. Vocês se encaixam, como se isso fosse o dia a dia. A mão que segura seu braço alcança a sua mão, espalhando seus dedos entre os dela. Prendendo. Esta noite é diferente, mas é a mesma coisa. Sob quais condições o incontido fica contido? Coisas não ditas muitas vezes não continuam não ditas. Elas ganham corpo e forma de maneiras inesperadas, se manifestando em toques, relances, olhares, suspiros. Tudo o que vocês queriam fazer era abraçar um ao outro na escuridão. Agora vocês abriram a caixa e a deixaram desprotegida durante a noite. Ambos depositaram um no outro a fé de que vão acordar intactos. Agiram de acordo com um sentimento. Você está em uma lembrança do presente. Você está caindo em um sonho febril, voltando à tona apenas para mergulhar mais uma vez.

12

Você gostaria de falar das omissões.

Você está caminhando pela ponte Battersea. Debruçado sobre a beirada, a superfície da água agitada, a chamada livre de ruídos, as palavras urgentes, a linguagem frágil e insuficiente, os sentimentos honestos. Você está na ponte Battersea, observando a agitação da água, e se pergunta o que causou a primeira agitação nessa situação. Ela está no aeroporto, esperando o voo para Dublin, fazendo a mesma pergunta, retrocedendo à primeira noite em que se conheceram. Ela está tentando entender o que aconteceu entre vocês naquela noite, e ao mesmo tempo ciente de que não pode compreender. Ela está pensando naquele trajeto em que os dois estavam bêbados, do centro ao sudeste de Londres. E, mais recentemente, no período de cinco dias em que vocês mal se separaram, em que nada aconteceu de fato, a não ser dois amigos dividindo a cama e conhecendo uma intimidade que alguns nunca vão conhecer. Isso significa perguntar, o que é uma articulação? O que é uma fratura? O que é uma ruptura?

"A gente tá andando em círculos a esta altura do campeonato."

"Beleza, então, merda, jogue a culpa pra cima de mim", ela diz.

"Nós dois sabemos que algo aconteceu nestes últimos dias, algo que a gente não pode ignorar."

"Nada aconteceu."

"Mas esse é o ponto. Teria sido mais fácil se a gente tivesse transado. O que aconteceu foi, sei lá. Muito mais verdadeiro."

A respiração dela é pesada como o silêncio na ligação.

"Então o que a gente faz agora?"

"Estou caindo fora."

"O que isso significa?"

"Eu não tenho como fazer isso. Tem muitos fatores, tem muita coisa em jogo. Você é meu amigo. Você é um dos meus amigos mais próximos. E o meu ex? Samuel ia tirar sarro disso tudo. Não, é muito complicado."

"E quanto a você? O que você quer fazer?"

"Tenho que pegar meu avião."

***

Na manhã seguinte, você mal consegue ouvir a voz dela ao telefone por causa do barulho das xícaras na cafeteria. Você se refugia na rua andando no pequeno trecho em frente ao estabelecimento. Brick Lane está tranquila, até mesmo para um dia de semana. Você está vestindo uma camiseta porque a primavera está mostrando vislumbres do verão, imensidão azul sem nuvens, uma coroa solar laranja no alto do céu. Vocês estão rindo e brincando, e é mais fácil fazer isso, abrir uma caixa e fechá-la depressa em seguida, trancar com as piadinhas afiadas, quer dizer, até que...

"Mal posso esperar até acabar com a seca, sabe."

"Ahã."

"Espero que você acabe logo com a sua também."

"Ah. Ahn." Ela funga. "Acho que é um pouco tarde pra isso."

"Perdão?"

"Eu, ahn, sim. Eu já acabei com a minha."

"Mas você voltou ontem?"

"É. Rolou ontem."

"Ah. Certo."

"Você está bem?"

"Sim", você mente. "Estou bem."

"Isso é esquisito."

"É."

"Mas não é como se eu te devesse alguma coisa. A gente é só amigo."

"Você não deve. A gente é."

"Acho que é melhor eu ir."

"Certo." E ela hesita por um instante antes de se despedir e desligar.

Você fica parado por algum tempo, feito um carro imóvel atingido com força por trás.

No mesmo dia você sai de um Uber — a caminhada da estação até a casa da sua amiga seria longa demais na escuridão que caiu depressa e por completo. Você deu dois ou três passos. A casa da sua amiga está à vista. Você poderia atirar uma pedra que quebraria uma janela. Você está pensando em uma noite com uma taça de vinho, um disco girando ao fundo. Está pensando em boa comida e em uma companhia ainda melhor. Está em uma lembrança de algo que ainda vai acontecer, quando eles o param, como um veículo em movimento conduzido para fora da estrada. Eles dizem que houve uma série de roubos na rua. Dizem que muitos residentes descrevem um homem que se encaixa na sua descrição. Eles perguntam aonde você está indo e de onde veio. Dizem que você apareceu do nada. Quase como num passe de mágica. Eles não ouvem os seus protestos. Eles não ouvem sua voz. Eles não ouvem você. Eles não veem você. Eles veem alguém, mas essa pessoa não é você. Eles gostariam de ver o que tem na sua bolsa. Seus pertences estão espalhados pelo chão na sua frente. Eles dizem que estão apenas fazendo o trabalho deles. Eles dizem que você está livre para ir agora.

Você chega na metade do caminho até a porta. Você está vazio, como se não fosse apenas sua bolsa que esvaziaram. Você não está mais no controle dos seus membros. Você não sabe quanto tempo está parado em frente à porta quando sua amiga liga, perguntando onde você está. Você diz que surgiu um imprevisto, que não vai conseguir ir. Você chama um Uber e vai para casa.

Você não conta a ninguém sobre esse incidente. Assim como não contou a ninguém a respeito daquela outra vez em que eles o pararam, com brutalidade. Seu amigo estava dirigindo, uma mão no volante e a outra gesticulando enquanto pregava. Você se lembra de falar a respeito de ter fé e de Deus e da beleza e das coisas que não podem ser explicadas. Você se lembra de falar a respeito de religião e de poder e de negritude. Você se lembra de ter feito uma piada que escancarou as feições sérias dele, a risada retumbando no peito. Você não se lembra da piada em si, mas tem certeza de que, como muito do seu humor, foi rápida, afiada, amparada em tudo o que você pode explicar e em tudo o que não pode. Você lembra que o silêncio era pesado por conta de tudo que não foi dito, tudo que fica por dizer. O momento se estendeu e assim se manteve, e você sabia que ambos queriam dizer que estavam assustados e tensos, mas a reticência era uma canção que ambos sabiam de cor. Como uma alternativa, você disse que estava com fome. Ele encostou e foi aí que você ouviu um ranger-guinchar-berrar de pneus.

Segunda vez esta semana. Vocês não se cansam?

Engolido pelo ranger-guinchar-berrar de desce do carro desce do carro desce do carro. Eles mandam você deitar no chão por motivos simbólicos. Se fingindo de morto. Você soltou um gemido fraco e tão inútil quanto uma faca de manteiga. Você ouviu o chacoalhar violento no seu peito, pressionado por feições divertidas. Eclipse total. Quando recobrou a consciência, você estava fora de si. Isso é o que significa morrer, você pensou. Eclipse total. O céu ficou preto. Haha. Você olhou nos olhos de um deles e viu a imagem do Diabo. Ele tinha um dedo indicador prendendo o gatilho, como se estivesse segurando um cabo de segurança. Ele parecia amedrontado por trás da testa enrugada, os olhos duros, ele parecia amedrontado. Parecia amedrontado com aquilo que não sabia, com o que era diferente. Parecia amedrontado porque em vez de questionar a si mesmo, em vez de questionar as próprias crenças, em vez de não ficar apenas preenchendo as lacunas, ele continua a olhar para você como um perigo. Você se encaixa no perfil. Você se encaixa na descrição. Você não cabe na caixa, mas ele o espremeu lá dentro. Ele parecia amedrontado. Todos eles pareciam. Você não aceitou as desculpas deles, nem as mãos estendidas, porque até mesmo essas coisas são armas na escuridão. É um erro fácil de cometer. Segunda vez essa semana para o seu amigo, se fingindo de morto. Vamos perguntar a qualquer outra pessoa que já tenha se encaixado em uma descrição: você já teve que se fingir de morto? Você alguma vez na sua vida não foi visto? Você está cansado?

Mas quando acontece com você pela segunda vez naquela semana, você tem que contar para alguém, mesmo que seja só para você mesmo:

Eu estava voltando pra casa. Trajeto habitual, cortando caminho pelo parque. Estou o quê, a trinta segundos de distância? Se tanto. Tem um carro parado no cruzamento. É estranho, porque é tarde, a escuridão é total, os faróis estão desligados, mas o carro não está estacionado, tem motorista e passageiro. É só quando aperto bem os olhos que os faróis se acendem, faróis altos. Cegando. Aí o carro vem na minha direção, bem devagar, a passo de lesma, cara. Até dava pra correr mais rápido que aquilo. De qualquer forma, começo a me mover mais rápido, mas sei que o carro vai me alcançar antes que eu chegue à minha porta. E quando isso acontece o motorista abaixa o vidro da janela, mas não fala nada pra mim, nenhum dos dois fala nada, só passam bem devagar. É estranho, nem notei os emblemas da polícia no carro até que eles se afastaram.

Faz só uma semana que ela ligou e sugeriu que, quando você desembarcasse do trem DLR, pegasse um Uber até a casa dela. Você passou todo esse tempo aos tropeços. Hoje, sábado, você acorda tarde. Sua mãe e seu pai já estão acordados. Não faz muito tempo que voltaram de Gana. Algo não está certo. Você consegue sentir isso. Você entra no quarto deles e seu pai está sentado na beira da cama. Os ombros dele estão meio despencados para dentro. Ele despencou em si mesmo. Uma trilha monótona de lágrimas escorre pelo rosto dele. Você o puxa para cima e o segura bem perto, deixando que respire no conforto dos seus braços.

"Seu avô está morto", ele sussurra.

A dor se agita na sua cabeça como uma pedrinha solta num sapato. Você não consegue ver para onde está indo. Você liga para ela. Apesar de tudo, você liga para ela, a amiga mais próxima, diz que está cansado, que o espírito está cansado, que já fez as pazes com a morte, mas que dói do mesmo jeito. E ela fica ao telefone enquanto você chora, continua ao telefone em silêncio quando as lágrimas cessam, distrai você com aquele humor zombeteiro e, quando a conversa termina, ela lembra que está lá, sempre lá para você.

Mas mesmo nessa ocasião você está ocultando. Você não pode contar a ela a respeito daquela noite em que o seu pai entrou no seu quarto segurando o minúsculo telefone preto que usa para as chamadas internacionais.

"É o vovô."

Seu corpo se enrijeceu. O telefone ainda estava lá, na mão do seu pai, a estática na linha audível de longe. Você sabe pouco do homem que aguarda do outro lado da linha: vocês se falam umas poucas vezes por ano, fazem um ao outro as perguntas habituais a respeito das suas vidas e da sua saúde, mas no geral é aí que a coisa termina. Ele é da família, sim, mas você não o conhece. Você leva o telefone para o seu quarto.

"Alô?"

"Ah. Você não me liga?"

"Perdão?"

"Você não me liga. Nunca tenho notícias suas. Não me resta muito tempo. Você tem que me ligar com mais frequência. Posso morrer a qualquer momento agora."

"Certo", você disse e, saindo em disparada do quarto, devolveu o telefone a seu pai.

De volta ao seu quarto, a vergonha que estava sentindo ganhou menção honrosa. Ele estava certo. Você não telefonava para ele. Ele tinha mais de oitenta anos e, depois de vários derrames, precisava de ajuda para viver.

Na cozinha, você se pergunta por que derrama suas lágrimas: a perda dele ou a perda de si mesmo?

Ser você é pedir desculpas, e muitas vezes esse pedido de desculpas vem na forma de repressão. Essa repressão é indefinida. Essa repressão não sabe quando o caldo vai entornar.

O que você está tentando dizer é que para você é mais fácil se esconder na própria escuridão do que emergir envolto na própria vulnerabilidade. Não é melhor, mas é mais fácil. No entanto, quanto mais tempo reter aquilo, mais chance tem de sufocar.

Em algum momento, você tem de respirar.

13

Vários meses depois que a febre cessa, você está andando de sua casa em Bellingham para a casa de sua amiga Imogen, em Gipsy Hill. Agora é maio. Você vê um cabo de extensão se arrastando pela grama como um pensamento solto enquanto uma mulher desfere golpes de lâmina nas sebes crescidas. Um homem passa, descendo a colina, carregando a filha. Pequeninas argolas de ouro nas orelhas. Ela se agarra aos ombros dele, montada nos dois lados do torso; os braços dele em torno da cintura dela. A luz do sol os persegue colina abaixo. Você segue em frente.

No jardim dela, você se senta com a família. Dois irmãos, o pai, Imogen. O irmão mais velho vai buscar uma cerveja para você, o pescoço transpirando. Você abre um botão da camisa, sentindo algumas gotas de suor que estavam presas entre o tecido e a pele se soltarem. Estão todos acomodados, aproveitando os primeiros raios de sol do verão, aquele calorzinho preguiçoso que faz a gente descansar e que não se altera. O tempo se arrasta. Você está segurando uma cerveja vazia e Imogen está sorvendo com espalhafato a espuminha do copo dela.

"Vamos nos refugiar", ela diz.

Dentro de casa, você e sua amiga mais antiga dividem um sofá. Imogen se aninha bem perto e isso não é estranho. Quando você estava na escola, era ela que estava lá esperando quando você saía do treino de basquete à noite, paciente, pernas cruzadas, pescoço curvado sobre a tela do telefone. Ela o avistava com aquele olhar gentil e atento e já se colocava em movimento.

"Bom treino?"

Resposta ofegante, murmurada, se transformando aos poucos em algo coerente, ganhando forma. Caminhando em direção à enormidade dos campos. Cobrindo a circunferência com um passo lento e calculado, uma vez, duas vezes. O tempo perdendo forma, sendo arrastados de volta pelos pais querendo saber onde vocês andavam. Afastando-se um do outro, aninhando o corpo pequeno e delicado dela no seu peito; depois recusando o elevador, querendo caminhar, conquistar algo coerente, encontrar um sentido.

No sofá, ela o estuda com o mesmo olhar atento.

"O que está acontecendo aí dentro?", ela pergunta.

"Não sei se devo ir encontrar minha amiga."

"Por quê?"

"Só estou com um mau pressentimento."

"Então não vá."

"Mas quero vê-la. Ela voltou de Dublin só por alguns dias."

"Simplesmente siga seus instintos."

***

Você não é um profeta, mas devia confiar em si mesmo com mais frequência.

Você se despede de Imogen, pega o ônibus número 3 que serpenteia até Brixton, onde se encontra com ela e o poeta. É como se a febre nunca tivesse acabado, é como se você tivesse voltado àquela noite em que dividiram a mesa no jantar, vocês três. Como antes, quando vocês dois estão indo embora, o poeta que vê você e ela, que viu a ondulação e a pedra afundando, diz a vocês dois para ficarem longe de problemas.

Do restaurante Nando's no Brixton para o Cinema Ritzy. Para o bar. Você pede um uísque e ela faz uma careta. Para ela, uma sidra doce. Há uma sacada, onde você se senta em uma mesa bamba e bebe rapidinho, para bebida não derramar. Você está afastado da borda, então é um grito que ouve primeiro, seguido por vidro quebrado, acusações sendo lançadas, uma raiva, uma histeria. Sentimentos que se intensificam nesses momentos. Você espia pela sacada, se juntando ao resto do pessoal do Brixton para ver policiais demais para uma mulher. Um joelho nas costas da mulher. A pequena aglomeração na sacada sopesa as próprias conclusões brutas ou então, em um caso, se desespera com a própria desesperança.

"Só queria que tivesse algo que eu pudesse fazer."

Um estranho consola outro estranho.

"Não tem. Pessoas assim, pessoas que estão em Brixton há anos, são uma causa perdida."

E você sente uma raiva, uma histeria, sentimentos que se intensificam nesses momentos, mas sua visão é clara, uma janela cristalina, você vê que a mulher com o joelho do policial nas costas não está sendo vista.

"Você está bem?', ela pergunta. Você balança a cabeça.

"Termine seu drinque, vamos embora."

Vocês caminham por Brixton, passam por uma festa caribenha. Olhos seguem a figura lânguida e desenvolta dela. Quando ela começa a se sentir confiante e um sorriso lhe abre as feições, você se pergunta se o que as pessoas veem corresponde ao que de fato é. Você suspeita que sim. Você se dá conta de que bebeu muito rápido, mas não pensa enquanto os dois entram no supermercado Sainsbury's e compram uma garrafa para dividir, ambos bebendo muito rápido, ambos ficando bêbados rápido demais. Entornando. Entornando no ônibus. Entornando no caminho para o apartamento dela, onde os dois param para questionar um ao outro, mas tentam disfarçar. É mais fácil assim, por enquanto.

"Ouvi dizer que você topou com o Samuel."

Você hesita.

"De quem você ouviu isso?"

"Samuel. Eu o vi ontem, nós dois descemos na mesma estação."

"Ah."

"Ele me perguntou se alguma coisa estava rolando entre a gente. Não consegui dar uma resposta direta."

Nem você conseguiu. Você deu de cara com o Samuel de um jeito parecido na semana anterior, desembarcando de um trem na Elephant and Castle, se encontrando com ele em uma plataforma. Foi a primeira vez em vários meses que vocês se viram, e ele foi breve, cortante, seco com você, antes de ir direto ao ponto.

"Você e ela já estão juntos, então?"

"Quem?"

"Não me trate como um idiota", disse Samuel.

"Não estamos juntos."

"Mas você quer?"

"De onde você tirou isso?"

"Eu disse, não me trate como um *idiota*. Vi o jeito como você olhou pra ela quando se conheceram. Vi o mesmo olhar quando fui até a casa dela naquela época, em dezembro. Ouvi como vocês falavam um do outro. Não me importa o que você diz, mano. Vocês dois vão acabar se casando. Vocês dois são adultos, mas, que merda, seja honesto sobre isso. Estou de saco cheio de ouvir as pessoas mentindo pra mim. Já é ruim o suficiente ver duas pessoas de quem você gosta se apaixonarem uma pela outra. Mas não dizer nada? Isso é cretinice. Então me diz, qual é o lance?"

"Honestamente", você disse. "Não sei."

Só que você sabia. Dar voz ao desejo é dar a ele um corpo para que possa respirar e viver. É admitir e se submeter a algo que está fora dos limites da sua compreensão. Ter admitido isso a Samuel teria desfraldado as dobras do desejo, cujo início foi testemunhado por ele. Admitir isso para Samuel seria como lhe pedir para isentar você da culpa. Teria minado a resistência e dado a você a liberdade de agir. Mas era mais fácil para você permanecer em silêncio e manter o desejo para si. Samuel esperou com expectativa, esperou por mais, e quando o mais não veio, se afastou de você.

Enquanto você caminha até o apartamento dela, cambaleante, bêbado, você pergunta, "Você está zangada por eu não ter dito nada?".

Ela balança a cabeça.

"Na verdade, não."

"Então você está."

Ela sorri.

"Quando ele me contou, foi meio esquisito. Parecia que você estava só se protegendo. Sei que foi só um encontro casual, mas ainda assim."

"Desculpe."

"Só me avise da próxima vez", ela diz, passando o braço em volta da sua cintura. "Cara, senti sua falta."

"Eu também", você diz. "Eu também."

Lá dentro, você está sentado do outro lado da sala. Vocês dois estão conversando com um jovem que está hospedado no apartamento dela, sabendo que a terceira adição distorce a dinâmica. Ela o cutuca com os olhos e gesticula para o lugar vazio na frente dela. Por que você está aí?, ela está dizendo. Venha. Então você vai. Abaixa-se em um pedaço vazio do tapete onde as pernas dela estão apoiadas e coloca a mão na pele nua dela. Tá bem assim?, você pergunta. Sim, ela diz, sim, e então você está aqui, você está bêbado, já entornou, mas você limpou tudo. Ela passa a mão na sua cabeça raspada, traçando linhas. A conversa avança, flui, se aprofunda, se ramifica, mas, quando ele vai se deitar, é evidente que estavam esperando para ficar sozinhos.

"Hoje você não pode ficar. O hóspede está ficando no meu quarto, tenho que dormir com a minha mãe."

"Eu sei."

Ela serpenteia e o convida para o sofá, se convida a deitar a cabeça no seu colo.

"Não me deixe dormir aqui."

Outra mudança de posição: ela vira o corpo, então as pernas dela estão esticadas no seu colo, e ela apoia a cabeça numa almofada no sofá.

"Tenho que ir pra cama logo", ela diz.

E mais outra: ela se senta e enrola os braços em torno de você, beijando o tecido sobre o seu peito, beijando a pele exposta da sua bochecha, e você se inclina, assim como ela, mas ela se desvia, e são lábios roçando a bochecha mais uma vez, e de novo. Você se inclina mais para perto, acariciando o nariz dela, mas é a mesma coisa; ela imita, e em algum ponto do percurso há um momento de resistência, ou talvez ela esteja passando por um momento de lucidez na própria névoa. Vocês jogam esse jogo um com o outro, no qual as apostas são altas demais, no sofá, na cozinha, no corredor; você querendo embarcar numa jornada, ela querendo fazer o mesmo, mas desviando antes do destino.

"Ei. Você está bem?"

Ela assente, desfazendo o emaranhado dos membros.

"Acho que você deve ir pra casa."

Você caminha para casa de Deptford até Bellingham. Você passa a hora imaginando como vocês dois vão se lembrar dessa noite. Pensa no que significa desejar sua melhor amiga dessa maneira. Pensa em se agarrar a esse sentimento por um tempo, restringir, sufocar, porque às vezes é mais fácil se esconder na sua própria escuridão do que emergir, nu e vulnerável, piscando na sua própria luz. Você pensa se ela tem feito o mesmo. Pensa no que entornou, e se isso é algo que pode ser limpo. Pensa enquanto caminha pela noite, vagando por ruas familiares com esses sentimentos desconhecidos. A certa altura o sol começa a aparecer no horizonte, e você se vê no parque, deitado no chão. A grama fresca contra o calor do seu desejo, a vida ainda se opondo ao ritmo do seu coração acelerado.

14

Agora é verão. Você está trabalhando na NikeTown, em Oxford Circus, complementando o que tira com a fotografia. Começou como um trampo temporário, no ano retrasado, tipo algo provisório depois da formatura. Agora é um elemento permanente, e você está batendo o ponto no horário de chegada e saída. Batendo o ponto e sonhando com os dias de folga. Você não está totalmente infeliz aqui, mas é aí que reside o problema; esse trabalho é para lá de satisfatório e, na maior parte das vezes, considerando que você e seus colegas são engrenagens em uma máquina gigante, todos são muito bem tratados.

O ar-condicionado quebrou. As enormes janelas foram projetadas para deixar entrar o máximo possível de luz do dia, dando a ilusão de que se está comprando do lado de fora, em vez de entre paredes. Você está sonhando acordado, pensando em passar seus dias em qualquer outro lugar. Você quer pegar um avião para algum lugar e caminhar. No verão passado fez exatamente isso, indo para Sevilha em agosto, onde o calor agarrava todo o seu ser, com mais força na medida em que o dia avançava, afrouxando o aperto só depois da *siesta*. Você acordava cedo e descia até o restaurante que ficava embaixo do apartamento em que estava hospedado, onde, apesar do domínio razoável do idioma, você se enrolava todo em uma conversa um tanto sonolenta, pedindo uma *tostada* e um café preto. A manhã seria gasta explorando a periferia da cidade, antes de retornar ao apartamento para tirar um cochilo. Você acordava e se empoleirava na pequena mesa do quarto, escrevendo à mão em um caderno preto surrado, abrindo bem as portas da varanda e deixando que conversas perdidas flutuassem até você em vários idiomas. Podia sair para lanchar, e caminhar mais um pouco, mudando a direção para o centro da cidade, ir a um bar e mais tarde se sentar em um restaurante para comer *tapas*. A partir daí, você balançaria as pernas na beira do rio Guadalquivir, a margem desprotegida, podendo um sujeito dar um mergulho se assim o desejasse. Muitos outros tiveram a mesma ideia — balançar as pernas em vez de nadar no rio —, uma fila de pernas chutando, ouvindo o barulho tranquilo da água indo para a frente e para trás.

Agora é verão, e você deseja uma existência mais simples. Você quer ler. Quer escrever. Quer encontrar estranhos para jantar, e não recusar outra bebida em outro bar. Quer dançar. Quer se ver em um porão, com o pescoço relaxado, balançando a cabeça enquanto um grupo de músicos toca, não porque são obrigados, mas porque têm essa necessidade. Agora é verão, e você anseia por menos preocupação. Anseia por noites mais longas e dias mais curtos. Anseia por se reunir nos quintais e observar enquanto a carne crepita num churrasco ao ar livre. Anseia por rir tanto a ponto de o peito doer e você se sentir tonto. Anseia pela segurança que existe no prazer. Anseia por esquecer, ainda que brevemente, o medo existencial que o angustia, que aperta seu peito, que faz seu lado esquerdo doer. Anseia por esquecer que, saindo de casa, você pode não voltar intacto. Anseia pela liberdade, mesmo que seja curta, mesmo que não dure.

Você anseia.

Agora é verão. Você está trabalhando. Você tem um vislumbre do ritmo de outra pessoa e pensa, conheço essa música. A linha do tempo coincide — o ano letivo acabou, então ela deve estar de volta a Londres —, mas isso não o deixa menos surpreso. Não é menos surpreendente quando você se pega andando a passos largos pelo chão da loja, se movendo num ritmo acelerado. O cabelo dela está mais curto, os cachos cortados e mais fechados, mas todo o restante permanece igual, o rosto repleto de malícia alegre, olhos iluminados com o brilho do riso, o corpo comprido se movendo com uma graça desajeitada que é algo só dela. Enquanto você a toma nos braços, segurando firme, puxando com mais força, percebe que a afeição entre os dois não mudou.

"O que está fazendo aqui?", você pergunta.

"Olá pra você também."

"Sim, sim, olá, oi. Você está de volta?"

"Estou."

"Quando, como, o quê?"

Ela está sorrindo para você, observando sua emoção se manifestar em uma tagarelice nervosa.

"Venha aqui", diz, puxando você para mais um abraço.
"Quanto tempo faz? Um mês?"
Ela assente.
"Mais ou menos isso." Uma pausa. "Muito tempo. Tempo demais."

Os dois se separam e ela estende a mão na direção do seu rosto, mas não faz contato, só traça o contorno, dando forma e detalhes às suas feições. Agora é verão, e ela traçou uma linha na sua direção, ou talvez a linha sempre tenha existido, sempre existirá. Agora é verão, e a linguagem ainda é frágil, inadequada, então você fica parado, silenciado pelo peso de tudo, deixando os corpos confessarem suas verdades.

Agora é verão, então todos estão se movendo mais devagar. DJ Screw, lendário pioneiro da música desacelerada e remixada de Houston, fazia músicas com *slower tempos, para sentir a música de modo que se possa ouvir o que o rapper está dizendo. Faço minhas gravações para que todos possam sentir o som.* Para Screw, desacelerar um disco era permitir que respirasse.

Há uma agradável liberdade nessa desaceleração; na qual as frequências são mais baixas e não é tanto uma questão de cabeça, mas de peito. Você diz palavras com o peito. Sente o pulsar grave do baixo, como um batimento cardíaco. Diz palavras com o peito e sabe que há poder na sua voz. Diz palavras com o peito e confia em si mesmo. Fala e percebe que, ao desacelerar para falar, você pode respirar. É uma estranha escolha de palavras, você pensa, poder respirar, ter de buscar permissão para algo tão natural, a base da vida; por sua vez, tendo de pedir permissão para viver.

Agora é verão, então vamos desacelerar, respirar. Vamos supor que você está jogando basquete no sábado à tarde em julho e está esparramado na linha lateral recuperando o fôlego. Você vasculha a bolsa e tira o trambolho de sua câmera de filme de 35 mm, sempre pesada na mão. Você começa a tirar fotos, e mais tarde, quando mergulha os negativos em produtos químicos, vê que tirou uma por acidente. Seu dedo pressionou o obturador uma fração de segundo depois de tirar outra. Estava ensolarado, então talvez quatro milissegundos depois, e mais tarde, logo que você revelou o filme, foi isso que apareceu:

A bola saiu da mão do arremessador. Está girando para trás enquanto se move pelo ar. Todos os quatro jogadores desse jogo de dois contra dois param de se mover a fim de observar uma bola girar no ar em uma velocidade mais rápida do que o olho pode captar. O arremessador quer que a bola acerte o aro. Os outros têm suas próprias intenções, mas o arremessador, você sabe, ele quer que a bola entre. O céu está azul e há uma camada de nuvens. Faz vinte e seis graus numa tarde de sábado de julho. Eles vão buscar a bola, se ela entrar, e vão começar outra rodada desde o princípio. Se ela não entrar, um ou mais jogadores vão correr em direção à bola, e vão continuar jogando. Fazem isso porque precisam, porque querem. Fazem isso porque podem sentir.

Há tantas coisas mais que você gostaria de dizer, mas não há palavras.

***

Agora é verão e a linguagem é desajeitada, mas às vezes ela é tudo o que tem. Você está sentado no jardim, a boca escancarada nesse calor. Na mesinha à sua frente, o gelo se derrete em água, e seu notebook está tão imóvel quanto o ar, úmido e pegajoso. Você está escrevendo cartas para ela, construindo para ela um mundo que você pode compartilhar. Está escrevendo sobre ver a esfera suspensa no céu, quando não se devia escrever isso; a lua descansando ali, pálida contra a luz do dia, carnuda na escuridão. Você está tentando escrever devagar, para que ela possa ouvir o que você está dizendo, mas também porque há prazer nisso, onde o lance não é tanto uma questão de cabeça, mas de peito.

Falando nisso, A Tribe Called Quest está tocando. *The Low End Theory*. Você está se perguntando o que levou Q-Tip, o não reconhecido líder da banda, a tirar todos os agudos, permitindo que os graves do baixo dominassem, permitindo que o álbum soasse como se fosse uma oração, um desejo de liberdade. Esse não é um álbum raivoso. Claro, há uma multiplicidade de personagens que fazem uma ponta, mas eles estão lá com o propósito de visibilidade; o álbum é sobre ser visto, sobre ser ouvido, é sobre a liberdade, mesmo que seja breve, mesmo que seja encontrada apenas em um aceno de cabeça num dos versos de Phife na canção "Butter", mesmo que seja encontrada apenas na alegre surpresa que é Busta Rhymes em um verso de "Scenario" que rouba a cena. Hanif Abdurraqib escreveu a respeito desse álbum, se perguntando quanto a vida é estranha, ser apresentado ao mundo através de suas falhas; através do sangue, do rosto inchado, do corpo curvado. Que vida estranha que você e outras pessoas negras levam, eternamente visíveis e não vistos, eternamente ouvidos e silenciados. E que estranha uma vida é para ter que conquistar pequenas liberdades, ter de dizer a si mesmo que pode respirar. Mas como é lindo quando essas liberdades chegam, quando você está respirando, quando está repetindo palavra por palavra as letras do Phife, ou cantando o refrão, *We got the jazz, we got the jazz*. Que lindo quando você está no meio da galera e descobre que seu olhar errante cruza com outro, a vinte, trinta metros de distância, os dois sem saber que seus ombros e quadris estão se movendo ao ritmo dos graves do baixo, porque isso não é algo em que vocês tiveram que parar para pensar, isso é algo que vocês acabaram de fazer, isso é algo que compreendem, e, entendendo isso e as circunstâncias que os trouxeram a este momento, ambos levantam uma mão casual em reconhecimento. O quanto momentos como esses são maravilhosos, quando você não precisa se esconder? Como é maravilhoso perceber, em meio às batidas de um bumbo, que às vezes é uma alegria estar vivo?

Agora é verão. Você está sentado do lado de fora, vestindo shorts e uma regata, e ainda assim o suor escorre dos poros. Através da sólida parede sonora — lá dentro da casa você colocou o *The Low End Theory* para tocar bem alto —, a voz dela flutua em sua direção. Seu irmão deve ter deixado ela entrar — seus pais estão fora mais uma vez, na terra deles de férias dessa vez, o que torna a equação entre você e ela mais fácil, sem a pressão das apresentações. Ela sai da casa para o jardim, no celular, sorrindo, escutando, como faz tão bem. Ela dá um beijo no topo da sua cabeça e se acomoda no assento à sua frente, puxando a calça curta acima dos joelhos.

"Quente", murmura.

Você vai até a cozinha e lhe serve um copo d'água quase todo de gelo. Ela está terminando a ligação quando você volta.

"Olá, amigo."

"O que tá rolando?", você diz, colocando o copo ao lado do seu.

"Ah, nada." Ela levanta os braços. "É verão agora."

"É, de fato."

Agora é verão, então, como você fazia em Sevilha antes de conhecê-la, vocês passam a tarde juntos do lado de fora, comendo, bebendo, antes de se refugiarem dentro de casa.

"Preciso tirar um cochilo", ela diz, o calor roubando dela o desejo de fazer qualquer coisa. O calor deixando os dois letárgicos, tão letárgicos que vocês podem ouvir um ao outro, podem ouvir suas preces.

O quarto mudou um pouco desde a última vez que ela esteve aqui. Você tirou a maior parte das torres de livros da mesa, agora resta apenas uma montanha no lado esquerdo daquilo que você leu há pouco tempo, daquilo que espera ler em breve. Também há uma pilha de discos no chão; você tem experimentado fazer *samples* de gravações em vinil, ouvindo com atenção fragmentos de som que podem ser sobrepostos para formar novos ritmos.

Ela se estende na cama, em cima das cobertas, então se senta de repente para tirar as grandes argolas de ouro que balançam das orelhas. Você se deita ao lado dela, se acomoda em uma posição que lhe é familiar. O intervalo desde que isso aconteceu pela última vez não fez diferença. Vocês se encaixam, como se isso fosse rotineiro. A única diferença aqui é a luz do sol filtrada pelas cortinas leves. É mais um sonho acordado do que um devaneio noturno.

Ela puxa seu braço para perto, aconchegando-o de encontro ao peito; você move os quadris para mais perto, o peito pressionado contra as costas dela. A respiração dela acelera.

"Você está bem?"

"Só senti um lance esquisito", ela diz, a voz abafada, "quando percebi que se você quisesse, poderia me matar durante o sono". Você não pode deixar de rir.

"Não tem graça", a voz dela sumindo.

"Não se preocupe. Você está segura aqui."

Agora é verão, então você pode se sentar na sacada dela, bebericando vinho, saboreando sem pressa. Você circulou por Londres o dia todo, indo de sua casa para o Teatro Nacional, em Southbank, caminhando ao longo do rio enquanto ele lambia as margens. Agora você está de volta à casa dela, conversando noite adentro. Está falando de arte, expressão e repressão, e é aí que menciona o filme *Moonlight: sob a luz do luar*. Você o viu pela primeira vez em uma exibição gratuita no leste de Londres e ficou impressionado com a forma como o estado de espírito pode ser expresso por meio de cores, a paleta vívida que o bairro Liberty City oferece servindo de pano de fundo para uma história que você começou a sentir cada vez mais fundo no peito. Azuis e rosados e roxos. Quando saiu do cinema, você não conseguia falar. Quando tomou o trem para casa, você não conseguia falar. Voltou para casa e foi direto para o seu quarto. Lágrimas silenciosas caíam como chuva miudinha. Você se viu em cada versão de Chiron. Você se viu no silenciamento e no apagamento dele durante os vários desabafos ao longo do filme. Viu a si mesmo se diminuindo para poder caber. Você se viu quando Juan disse a Chiron: *Me dê sua cabeça... deixe sua cabeça descansar nas minhas mãos... está tudo bem, vou proteger você, prometo. Você sente isso, bem aí? É você no meio do mundo, cara.*

No fluxo e refluxo da água, Chiron flutua, depois se debate com o apoio do guardião. No momento oportuno, Juan o solta; Chiron, a cabeça acima da superfície, os olhos fechados, a boca aberta pelo esforço, Chiron nada, deslocando a água com cada braçada desajeitada. O riso ansioso de Juan enche os ouvidos da gente. Ele conseguiu. Chiron está nadando. Você sentiu o pulsar grave do baixo, como um batimento cardíaco, no ponto em que a música "Classic Man", do Jidenna, é editada e remixada, as frases desaceleram, devagar, devagar, vogais alongados, frequências mais graves, no peito, está no seu peito. Na cena final, Chiron se abre como uma fruta fresca, lágrimas escorrendo pela carne.

Quem você é?
Eu sou eu, cara. Não estou tentando ser ninguém mais.

Você estava em seu quarto, depois do filme, soluçando em silêncio, dando fungadelas suaves, não porque doía, mas porque ainda havia esperança.

Agora é verão. Enquanto gira o vinho no copo, ela pergunta, "Pode ler pra mim? Já faz um tempinho desde que você leu pra mim".

O último trecho que leu para ela foi sobre o verão anterior, 2017, quando você viu o que acontecia com a raiva ao finalmente encontrar uma fuga, como uma onda crescente encontrando forma e quebrando na costa. Você começou a escrever porque as fotos têm uma linguagem própria, e às vezes as imagens que você cria se tornam superficiais em comparação ao que pode sentir. Até essa linguagem falha às vezes. Então você anotou seus pensamentos, na esperança de estruturar uma narrativa em torno do conflito que borbulhava dentro de você. Você gostaria que isso fosse tão descomplicado quanto um ato aleatório de violência, mas não foi. Não foi assim tão simples.

Vamos centralizar nossa atenção por alguns instantes no garoto, que você vislumbrou sentado no muro, algemado, cercado por policiais. Com belos dreadlocks emoldurando o rosto como cortinas abertas, e em como ele queria ser visto e ouvido, e o que o levou a querer ser visto e ouvido. O que o trouxe até aqui? O que o levou a descarregar a raiva em outra pessoa? Aquela raiva que é o resultado de coisas não ditas de vez em quando, de mágoa não resolvida, grande e pequena, de outros supondo que ele, uma linda pessoa negra em um magnífico corpo negro, nasceu violento e perigoso; essa suposição, que é impossível de esconder, se manifestando em cada palavra e olhar e ação, e em cada palavra e olhar e ação ingerida e internalizada, e isso é abusivo e injusto, essa espécie de morte — ser impelido a viver tão constrangido é uma espécie de morte —, então você não o culpa pela raiva, mas por que a raiva dele teve de encontrar morada em outro que se parecia com ele?

Indaguemos: o que veio primeiro, a violência ou a dor? Isso era algo que ia muito além da sua compreensão, então você pôs a pergunta no papel, a colocou em vários pontos do texto e esperava que os outros não perguntassem por que o garoto com os lindos dreads empunhava uma lâmina afiada na mão escura, perfurando a pele negra; eles não iam perguntar por que o evento ocorreu, mas ao que ele estava ligado.

Você leu isso para ela algumas semanas depois de se conhecerem. Não foi o primeiro trecho que leu, mas era o mais honesto, era mais *você*. Era trauma, sim, mas era você e você não se importava que ela ficasse sabendo disso. Você lhe entregou o trabalho e isso foi o suficiente. Não precisava lhe explicar que sentia alegria também, e que estava com raiva, que tinha medo, que voltar para casa à noite às vezes o preocupava, porque você não sabia que destino o aguardava, aquele que se parecia com você ou aquele que não podia vê-lo, ou que não podia vê-lo como você deveria ser visto, ou se você ia chegar em casa sem incidentes, e ia viver para temer outro dia.

Agora é verão. Você tem liberdade na presença dela e isso significa que não precisa se esconder. Quando a voz vacila, é porque você está lutando com o peso da realidade da qual fala. Aconchegados no sofá, vocês leem, de um trabalho em curso, a seguinte passagem:

Os policiais dão um aviso um ao outro, como neste vídeo, em que, ao ver um objeto na mão de um jovem homem negro, um dos dois grita para o outro, 'Arma, arma, arma!', antes que ambos descarreguem vinte tiros em sequência, quatro encontrando um corpo que deixou de ser dele, talvez nunca tenha sido, afinal de contas, não é uma perda repentina de direitos que autoriza dois homens a destruir o corpo de outro por suspeita, não, não é repentina; a percepção de um jovem homem negro já existia muito antes desse momento, antes que ele se encaixasse em uma descrição, antes que dois policiais e um helicóptero julgassem ser ele a pessoa que quebrou a janela dos carros, apesar de não terem provas, apesar de apenas terem sido informados de que "alguém" na área estava quebrando a janela dos carros, não, não é de repente, esse momento vem se desdobrando há anos, muitos anos a mais do que qualquer um desses homens tem de vida, esse momento é mais antigo do que todos nós, é mais longo do que o vídeo de 1:47 que me mostra um assassinato...

Ela agarra seu pé com dedos esguios, dando apoio nesse momento em que sua voz falha e você começa a divagar. Poucos minutos atrás você estava sentado na sacada, o ar ligeiramente frio enquanto ela fumava noite adentro, uma breve vibração dos olhos a cada tragada. Ela sugeriu que você lesse para ela. Já fazia um tempinho. Você fingiu deliberar, rolando o documento no celular, apesar de já saber onde seu dedo ia parar a página. Você começou a ler com aquela voz clara que acha que lembra um velho amigo contando uma história. Você começou a ler e foi levado de volta ao momento em que o vídeo apareceu do outro lado do Atlântico, transladado pelo sólido barco da internet. Como o corpo dele dobrou e ele caiu de joelhos, como se estivesse rastejando. Quando sua voz falha, é porque está lutando com o peso da realidade da qual fala. Você também está com raiva, porque os policiais avisam uns aos outros, como neste vídeo, em que ao ver um objeto na mão de um jovem homem negro, um dos dois grita para o outro, "Arma, arma, arma!", antes que os dois descarreguem, vinte tiros ao todo. Você está com raiva porque Stephen e Alton e Michael e você, você também, receberam um aviso, mas não sabiam onde ou quando ou como o perigo chegaria. Você sabia apenas que estava em perigo.

Você não está em perigo aqui, mas as lágrimas caem do mesmo jeito.

"Bêbado", você mente.

"Tudo bem. Você está seguro aqui."

15

"Por que você me convidou pra sair hoje?"

"Essa é uma pergunta bem estranha pra se fazer a um amigo", você responde.

A luz suave do dia envolve seus sentidos. A cor rasga o céu em traços aleatórios. A mão está sangrando e você está sugando o fluido do polegar; você tentou abrir uma garrafa de sidra com uma chave e a borda irregular fez um corte superficial na pele. Ambos estão afetados pelo calor e pelo álcool, mas isso não torna esse encontro menos honesto.

"Quase sempre a gente só, sabe, dá de cara um com o outro ou combina no mesmo dia. Isso me pareceu meio... formal?"

Você dá de ombros.

"Só queria arranjar um tempinho pra você."

"Valorizo isso." Ela toma um gole do drinque e o copo surge vazio. "Vamos andando?"

Quando o dia começou, ela estava zangada com você e você não sabia a razão. Você teve um pressentimento e pediu desculpas a ela da mesma forma que alguém desarmando uma bomba nos filmes: fecha um olho, corta o fio e espera pelo melhor.

Ela pediu para você tirar uma foto dela. Você a posicionou contra a estrutura de alvenaria que cercava a sacada e esperou que ambos relaxassem. Suas mãos tremiam enquanto ela lhe entregava sua vulnerabilidade, e você lutou para focalizar a lente nos traços dela. Quando a folha de contato retornou, a grade de imagens se assemelhava a uma contenda; duas pessoas lutando com o que sentem uma pela outra. A cara não mente. A forma como os olhos se arregala, o jeito que a pele ao redor da boca se contrai, ou, a sua favorita da série, a última foto no rolo de filme, do momento em que você apontou a lente na direção dela e os olhos dela estavam em você, não na lente, mas em você, e todos os disfarces desapareceram com a mesma desenvoltura de um lençol diáfano ao vento.

E enquanto o sol se punha, vocês sussurraram segredos e intimidades para o silêncio do céu agora vazio. Ela perguntou quem era você...

"Que pergunta", você disse.

"Não é como se eu não te conhecesse, tem só uma lacuna e outra que precisa ser preenchida."

Você se pergunta o que significa conhecer alguém, e se é possível fazer isso por inteiro. Você acha que não. Mas talvez do não saber venha o saber, nascido de uma confiança instintiva que vocês dois lutam para elucidar ou racionalizar. Pura e simplesmente é assim.

Saindo do sul em direção ao norte, linha principal, metrô subterrâneo, emergindo só para submergir de novo.

Você entra num pub e eles o direcionam escada abaixo, para um porão semelhante a um bunker.

"O que você vai beber?", você diz.

"A gente vai beber... rum e Coca?"

"Simples ou duplo", pergunta a mulher atrás do balcão.

"Duplo", ela diz.

A garçonete nos olha, dois bobos risonhos e tranquilos, e se anima com a nossa alegria. As quantidades que ela derrama são generosas, ultrapassando o limite, e ela nos dá um aceno, um sorriso, um pequeno reconhecimento. Você olha ao redor do porão e lembra que ser visto não é uma alegria pequena.

"Vou ao banheiro antes que eles comecem", diz, virando em um canto.

No mesmo momento em que ela sai há um guincho agudo nos alto-falantes. Seu amigo Theo sobe ao palco, a banda dele se juntando logo em seguida. Ele se apresenta, e essa pessoa é diferente do jovem que você conhece. Essa pessoa é mais segura, é uma pessoa que tem confiança na sua honestidade. As canções são cheias de nostalgia, o que significa que são cheias de lamentações; uma delas rememora aquilo que veio antes, muitas vezes com uma tristeza afetuosa, uma vontade de voltar, apesar de saber que voltar a uma memória é o mesmo que transformá-la, deformá-la. Cada vez que você se lembra de algo, essa memória se torna mais fraca, pois está se lembrando da última lembrança, e não da própria memória. Nada pode se manter intacto. Ainda assim, isso não o impede de querer, não o impede de desejar.

Ela se aproxima de você no meio da terceira música sem o quimono estampado que usava, agora enfiado na bolsa. Uma faixa de algodão preto cobre o peito dela, a barriga e os ombros impecáveis estão expostos. Você lhe entrega a bebida e ela se recosta em você, a extensão de pele marrom pressionada contra seu peito, encontrando o pedaço de carne exposto porque você desabotoou a camisa um botão a mais do que o habitual. Um braço serpenteia ao redor dela, seus dedos empoleirados na clavícula dela. Ela se aconchega mais perto ainda, enquanto você segue um ritmo, os quadris deslizando suavemente, se movendo até as lembranças de momentos que acabaram de passar. Você está aqui e não está. Você está na sacada, você está na colina, você está ao sol, você está na escuridão, você está ao ar livre, você está no porão, você está em perpétua alegria, você está em uma tristeza sem fim. Os cachos pretos curtos fazem cócegas no seu queixo enquanto a cabeça dela se move de um lado para o outro. Você se pergunta por quanto tempo esse momento pode durar e o quanto ele pode conter: você, ela, esse porão lotado de solteiros e casais e grupos, a mulher negra no bar que *vê* vocês dois e que você vê também, Theo e sua banda no palco, nostalgia, melancolia, alegria, pisos de concreto, paredes improvisadas, aplausos, uma noite quente demais, apresentações a novas pessoas, um cigarro compartilhado, olhos estreitos, nicotina, outro drinque, outro drinque, outro drinque...

E você está sentado num sofá no pub, o couro gruda na pele. Cuidando para que este seja o seu último, ela se senta ao seu lado, de pernas cruzadas, a sua mão descansando na lombar dela.

"Isso nas minhas costas não é uma mão platônica", diz ela.

"Ah, foi mal", você diz.
"Não, tudo certo. Eu gosto."

Talvez seja porque você precisa fazer a viagem de volta ao sudeste de Londres, talvez seja porque vocês dois estão ficando sem fôlego. Também pode ser que, apesar da interação com outras pessoas, essa tenha sido em grande parte uma experiência compartilhada entre vocês dois, e um novo espaço pode mudar essas condições, pode fazer com que aquilo que vocês dois estão reprimindo termine.

"Pra ser sincero", você diz, pouco antes de seus amigos mergulharem em outro porão, um pequeno grupo que caminhou de Stoke Newington a Dalston. "Acho que a gente tá de boa por hoje. Vão em frente e se divirtam."

Eles não precisam de incentivo algum. Vocês se separam, pensando em pegar um táxi.

"Vamos comer alguma coisa", ela diz.

O restaurante especializado em frango que vocês escolhem é agradável, mas estéril, de iluminação agressiva. Eles abriram a frente de vidro, que é um conjunto de enormes portas corrediças, e a noite entra sem qualquer filtro.

"O que você quer?", ela pergunta.

"Asinhas e batatas fritas. Por favor."

Ela sorri e faz o mesmo pedido, entregando uma cédula de plástico. Você a abraça para agradecê-la, e ela deixa os lábios pintados de roxo roçarem sua bochecha.

"Quer comer a caminho de casa", ela diz, esguichando molho de pimenta sobre as batatas fritas, "ou prefere ficar sentado aqui?" Ela se abana, afastando a ideia ao mesmo em tempo que diz isso.

"Vai estar mais fresco lá fora. Vamos procurar um banco ou coisa parecida, quando a gente terminar eu chamo um Uber."

O lugar onde vocês se empoleiram acaba sendo o concreto frio da escada de alguém. Você aponta para um prédio em frente e conta a ela como, muitos anos atrás, um homem baixinho e de fala mansa compartilhou a alegria que tinha em um porão cheio de estranhos, tocando canções há muito esquecidas e músicas com as quais você cresceu. Você diz isso a ela, mas logo para de falar, rasgando o frango, jogando os ossos na sarjeta. Há algo um tanto pesado aqui, na ausência das suas palavras.

Você sente que ela se vira a seu lado. Você se pergunta por quanto tempo esse momento pode durar e o quanto pode conter: você, ela, o movimento suave dos carros acelerando na escuridão, o olhar, vendo um ao outro aqui, o batimento cardíaco dela quase audível antes de dizer, "Eu te amo, sabia?".

Ela se lançou em mar aberto, e você não demora a se juntar a ela.

Você só leva um segundo antes de dizer, "Eu também te amo".

16

Ela o faz dormir no sofá, e você fica contente porque, no táxi para casa, enquanto ela se inclinava para fora da janela, percebeu que estavam nadando em álcool, não em água.
É melhor que seja assim.

É noite de domingo. Ela perguntou se você queria ir ao cinema à tarde, Peckhamplex, ingressos a cinco pratas e a promessa da participação do público, mas cancelou o encontro em cima da hora para ver a família dela. Em vez do cinema, uma noite em que ela ofega por conta do calor, no sofá dela, assistindo a um reality show.
"Estou tão cheia e com tanto calor", diz.
E aqui tem outro problema: apesar de defender que o impulso floresça no verão, ver os raios de sol refletindo nos rostos, a pele mais escura e cheia de vida, os sorrisos gentis sem nenhuma razão em especial a não ser o sol, apesar de tudo isso, muitas vezes a gente se vê reduzido a algo pastoso, como naquelas ocasiões em que não comemos o suficiente ou comemos demais, quando estamos desidratados ou bebemos demais, tirando cochilos não planejados

ou ficando sem dormir nas noites sufocantes. Nada disso é favorável quando se trata de estar na presença de outras pessoas, mas você segue em frente, você está determinado a aproveitar esses meses, saindo de casa sem saber o que o dia pode lhe trazer, nos quais as possibilidades parecem infinitas, nos quais a beleza e a alegria, também, podem ser inesgotáveis.

Vocês passam a noite juntos, sem fazer nada de fato, o que já é alguma coisa, é uma intimidade em si. Não preencher o tempo com alguém é confiar, e confiar é amar. E então você deve dizer que passaram a noite amando um ao outro, no sofá dela, comendo, bebendo, ouvindo música. Ela põe Kendrick para tocar e vocês falam disso por um tempo. Mas mesmo isso se esvai, felizes na ausência de distrações, felizes na presença um do outro.

É melhor que seja assim: que você não tenha nenhuma intenção de que isso aconteça. A hora de você ir embora se aproxima, mas é domingo e os ônibus já pararam de circular. Você tem que sair para o trabalho em seis horas. Devia ter ido embora há muito tempo. Mas você está aqui, na penumbra do quarto dela, a noite não muito escura, alguma luz se infiltrando por baixo das cortinas. Ela o recebe no quarto e pede para você fechar a porta. Pede que você se vire para que ela troque a camiseta. Confiar é amar, e ela confia em você. Pergunta como você vai voltar para casa. De Uber, você supõe. Você verifica quanto tempo vai demorar. Dez minutos. Você não tinha intenção de que isso acontecesse. Mas não recusa quando ela pergunta se você gostaria de se deitar ao lado dela para esperar. Você não se afasta quando ela se aconchega. Agora as respirações pesam mais. Ela nada em direção ao mar aberto e você se junta a ela. Vocês estão aqui, bem juntinhos, as costas dela contra seu peito. É familiar, mesmo quando você enfia a mão por baixo da camiseta dela e pega um mamilo, macio, entre o indicador e o polegar, o resto da mão espalmada contra a pele quente dela. Agora as respirações pesam mais. Seu Uber vem, seu Uber vai. Você ouve o telefone vibrar, o motorista à sua procura, mas você não atende. Seus lábios estão roçando o pescoço dela, e um braço está preso entre você e ela, mas o outro, o outro vagueia, vagueia para baixo, descendo, descendo, um dedo roçando a barriga, roçando as curvas delicadas dos quadris e cintura, roçando o tecido preto que separa você dela, antes de você se tornar mais seguro, um pouco mais firme. Você não sabe se o que sente é resultado do calor, ou do calor explodindo entre vocês. O que é uma ruptura? O que é uma fratura? O que é uma articulação? Amar é confiar. E ela confia na sua mão para romper a parede fina, para deslizar a mão por baixo do tecido. Os lábios se encontram e é urgente. Os lábios se encontram e você sabe que precisava beijá-la. Você a deita de costas, a boca agora encontrando a barriga dela, subindo até onde a sua mão estivera antes, onde tudo isso começou, mas não, ela começou tudo isso quando sugeriu que você pegasse um Uber até a casa dela, mas não, você não sabe; você não sabe em que ponto tudo começou para ela, mas para você a origem de tudo isso pode ser rastreada até aquele pub sombrio em que conheceu essa mulher com tranças descendo pela cabeça, uma desconhecida de olhos doces, e soube antes de saber. Está tudo bem?, você pergunta, agarrando com os polegares o tecido preto que o separa dela. Ela assente, você desliza a peça para baixo, descendo, descendo. Fora. Não há parede para quebrar agora, mas há mais para explorar e você sabe, você sabe o que está fazendo, mas só porque é ela, só porque você pode sentir o corpo dela se contrair quando você a toca, só porque você não tinha intenção de que isso acontecesse, e então você não está pensando, mas sentindo, e não está falando, mas seus corpos estão confessando suas verdades em voz alta. Você passa a língua pelo centro dela, pelo osso duro do peito e descende até a barriga, descendo, descendo. Ela o detém. Tem certeza?, ela pergunta. Você assente na escuridão e continua, a língua encontrando carne macia, com lentidão e com firmeza, o corpo dela se contorcendo diante da sua presença, diante do prazer. Ela pede para você voltar para ela, então você se deita ao seu lado. Seus lábios se encontram, urgentes. Deite de costas, ela diz. E ela o beija, a começar pela boca até o pescoço, a solidez da clavícula, a maciez da pele do peito, e então descendo, descendo, descendo, descendo até o centro. Não demora muito para você começar a rir enquanto se move desajeitadamente no escuro com sua melhor amiga. Ela se deita ao seu lado mais uma vez em meio às risadas, e logo um breve momento de pânico que vocês afastam no mesmo instante, beijando a escuridão, incitando um ao outro, os lábios se encontrando, impacientes. O ardor foi rompido, e você sabe que o que sente é o efeito. Você está nadando com ela, de mãos dadas com sua melhor amiga na escuridão, dando braçadas largas e seguras. Você não tinha intenção de que isso acontecesse, mas é melhor que seja assim.

17

Ela passa a semana procurando um apartamento em Dublin. Deixou isso para a última hora; restam apenas algumas semanas do verão. Vocês não falam a respeito do que aconteceu, de forma alguma. Mas o que mais pode ser dito que os corpos não disseram? Você, no entanto, e à distância, cai em um ritmo como se tudo fosse muito fácil.

Quando ela volta, você está esperando no aeroporto, sentado em cima do balcão de atendimento vazio. Pernas balançando como uma criança alegre. Ela avança pela noite e acena. Você acena de volta, o coração inchando com esse pequeno gesto.

Você disse que confiar é não preencher o tempo, mas gostaria de dizer que confiar é preencher esse tempo um com o outro. O coração faz o mesmo, na imensa escuridão do corpo, se enchendo de sangue, se contraindo e bombeando o sangue para fora, apertado como um punho rígido sem nada na mão. Você preenche o tempo, se agarrando a ele enquanto ele lhe escapa. Agarrando-se um ao outro nos momentos em que devem se separar. Entre as compras semanais, o entorpecimento mental da televisão, cozinhar, limpar, ler. Empoleirados em separado, mas juntos, e muitas vezes você se encontra perto da sacada quando chove, o calor cedendo a trovões e relâmpagos, como batidas de caixa e pratos.

Vocês são como uma dupla de músicos de jazz, sempre improvisando. Ou talvez vocês não sejam músicos, mas seu amor se manifesta na música. Às vezes, com a cabeça enfiada no pescoço dela, você pode sentir os batimentos cardíacos batendo como um bumbo. O sorriso dela é como um piano de cauda, o brilho nos olhos como o cintilar de mãos acariciando teclas de marfim. O dedilhado rítmico de um contrabaixo, a graça inerente com a qual ela foi abençoada, movendo o corpo de jeitos que surpreendem. Uma dupla de solistas em conversas tão harmoniosas que têm dificuldade em se separar. Vocês não são os músicos, mas a própria música.

18

Uma coisa é ser olhado, e outra é ser visto.

"Posso?", você pergunta, segurando a câmera. Você passa muito tempo olhando através de um visor, no que considera uma posição perfeita: o observador objetivo, empoleirado a curta distância, às vezes em cima do muro entre o aqui e o ali. O sujeito está alerta, mas não inconsciente de si mesmo. Talvez o observador peça ao sujeito que se vire para um lado ou para o outro, vai pedir que lhe mostre outra coisa — nem mais e nem menos, mas algo diferente. O sujeito aquiesce — a resistência é natural. Há uma espécie de interação entre os dois, e isso compõe o retrato. A foto em que você está pensando: ela olha direto para a lente, como você pediu. Segurando o pescoço para se manter confortável. Um único brinco de prata balançando de leve no lóbulo. Ela é linda — algo subjetivo, mas a parcialidade é inevitável. O brilho nos olhos dela que você sempre procura antes de apertar o botão do obturador. Um momento recortado de algo que os dois lutam para descrever. Algo como a liberdade.

***

Em conversa com um amigo:

"Estou prestes a parecer um nerdão, por isso me perdoe — então, minha maior influência é essa pintora anglo-ganense, Lynette Yiadom-Boakye, o trabalho dela é espetacular. Ela pinta figuras negras, mas todas são inventadas, o que é difícil de acreditar quando se vê os detalhes das pinturas. Ao fazer isso, ela está exteriorizando sua interioridade, e isso não é algo que as pessoas negras podem fazer com muita frequência. Ao mesmo tempo, o nível de habilidade dela é insano — há muito poder no domínio de uma forma, em ser capaz de transitar dentro dela. Então, com esse lance de movimento, acho que estou sempre tentando fazer coisas que reflitam a música negra, que é, para mim, uma das maiores expressões da negritude — aquela capacidade de capturar e retratar um ritmo. Talvez por isso *movimento* seja a palavra errada, *ritmo* é melhor. E então tipo essa foto dela segurando o rosto, há muita imobilidade, mas também há um ritmo pacífico naquele momento capturado."

Alguns meses antes você havia assistido a uma palestra sobre uma exposição da obra de Sola Olulode, em uma galeria em Brixton. As pinturas dela eram expressões de alegria. Telas azuis, os corpos se movendo livremente em celebração da vida. Mesmo no silêncio de uma tela, a batida é forte e física, canalizada através dos temas, sendo a mulher negra o ponto central do trabalho dela. Além dos sentimentos que o trabalho evoca, a arte dela é extraordinária. As pinceladas! Você não vê tamanha consideração com o ofício desde Lynette...

Mas você ia detestar fazer confusão, então fica em silêncio. Basta estar nesta sala, neste espaço, onde aqueles que costumam ser olhados, e objetificados, são vistos, ouvidos; podem viver, rir, respirar.

Quando a palestra terminou, você tirou um tempo para falar tanto com as obras de arte quanto com a artista, maravilhado com as figuras lutando para serem contidas na tela, os olhos dançando sobre o tecido ao qual ela dedicou tanto tempo e cuidado. Você a agradeceu pelo trabalho e viu um sorriso dissimulado se espalhar pelo rosto de uma mulher que ainda se perguntava se deveria estar aqui, e que ainda não havia se convencido disso.

Ainda assim, ao se separarem, você se perguntou se estava errado, se a liberdade não é tão plena quanto imagina — não, se a liberdade não é absoluta — não, tente de novo —, se a liberdade é algo que sempre se pode sentir. Ou se você está destinado a sentir isso em pequenos momentos dispersos.

Uma coisa é ser olhado e outra é ser visto. Você está pedindo para vê-la enquanto tira a foto dela, depois de se lançar em disparada pelo sudeste de Londres. Ali, quando um feixe sólido de luz âmbar atravessa o vidro, roçando bochechas, lábios, olhos, os próprios olhos sendo luz refratada através de um vidro infinito; você enxerga avelã, verde, amarelo; enxerga uma confiança pela qual é grato. O mecanismo da sua câmera se fecha quando seu dedo toca o botão. O rosto dela em celuloide, aguardando ser revelado.

* * *

Vocês seguem um ao outro pelo supermercado, em busca de lanches que os dois sabem que não vão saciar a fome. Descendo uma escada rolante, compartilhando coisas insignificantes enquanto se protegem da separação iminente, ela indo para o norte de Londres, para uma festa na casa de alguém, você para o sul, para se encontrar com amigos. No saguão, você pressiona a bochecha dela contra a sua, envolve os braços em torno de um corpo ágil que você aprendeu a conhecer, os pequenos gemidos de relutância escapulindo das bocas de modo insuficiente para transmitir o que estão sentindo. Não que as palavras sejam alguma vez suficientes.

Você está ao telefone com ela enquanto viajam de metrô em extremidades opostas. Ela permanece no metrô enquanto você estupidamente decide caminhar pela floresta nesse canto mais extremo do sul de Londres, e as árvores são como braços retorcidos que se estendem em direção ao céu de ambos os lados. Quando você desponta em uma clareira, ela diz que escreveu algo sobre você no trem. Seu peito aperta, como se as mãos da floresta estivessem pressionando seu tronco. Vocês falam um pouco mais enquanto ela percorre o caminho até a festa — é estranho que suas vozes sejam a trilha sonora da vida um do outro, mas parece certo, você não escolheria outra —, e, encontrando alguém que a deixa entrar, a voz dela o abandona, mas, quando ela desliga, é como se a mão dela ainda estivesse na sua, dedos longos entrelaçados, o polegar acariciando a carne do pulso. A intervalos de minutos você verifica o celular, sendo recompensado apenas com uma tela em branco. Você está, como sempre, pensando nela. Você se pergunta se ela decidiu não enviar o que escreveu. Você se pergunta se ela voltou atrás nas palavras, só para deixá-lo pensando sobre o que poderia ser. Você se pergunta enquanto caminha, tendo uma visão, a partir da clareira, bem parecida com a da sacada dela, ampla e arrebatadora, com vista para a cidade. Então, como naquelas ocasiões em que estão emaranhados no sofá vendo as luzes vermelhas piscarem no horizonte de Londres, ela dá um pequeno aperto em sua mão. Você verifica o celular mais uma vez e vê o nome dela na tela.

No pedaço de grama ressecada, você fica parado, atordoado. Lê as palavras dela uma, duas vezes, ouvindo a doçura em sua voz a cada frase. Você se tranca no banheiro quando chega e absorve cada palavra mais uma vez, deixando as frases afagarem sua cabeça. Pense nisso: ela fecha os olhos e escancara o seu peito, uma costela de cada vez — ela sabe o que fazer, ela não precisa ver —, deslizando as frases ao lado do coração pulsante, o pequeno feixe de músculos inchando ao contato da mão dela. Um sintoma de algo que só poderia ser conhecido como alegria.

"Vocês dois têm um lance agora?"
    O trajeto que você fez é em direção ao apartamento que sua amiga Abi alugou com o namorado, Dylan, para o aniversário dele. Os dois vivem na casa dos pais, então

queriam um pouco mais de espaço. Você está adiantado. São apenas vocês três. E mais pessoas estão a caminho. Algo lento toca, *funky*, com o ritmo grave do baixo se espalhando do alto-falante pela sala de estar. A noite caiu. O tempo desacelerou, assim como seu próprio ritmo.

"Acho que sim", você diz.

"Você acha?" Abi toma um gole de vinho. "Não fique apavorado agora."

Mas você está apavorado. Você não admitiu isso para ninguém, talvez essa seja a primeira vez que admitiu isso para si mesmo. Você está com medo desse momento, que se parece com aquela ocasião em que você foi até a praia fotografar relâmpagos no meio de uma tempestade, raios voláteis e deslumbrantes, fios imprevisíveis caindo do céu ao acaso. Você não sabia o que ia capturar, e sabia que era um risco, mas era algo que tinha de fazer. Agora você sabe que esse é um sentimento que não pode ignorar.

Uma coisa é ser olhado, e outra é ser visto; você está com medo de que ela possa ver não apenas sua beleza, mas sua feiura também.

"Onde ela está?"

"Em outra festa."

"É longe? Diz pra ela vir pra cá."

E se ela disser não?

"Ela não vai dizer não."

"Eu disse isso em voz alta?"

"Não precisava. Liga pra ela."

Ela atende depois de alguns toques e o barulho da festa invade a ligação.

"Onde você tá?"

"Ainda na festa", ela diz. "Mas vou embora daqui a pouco."

"Acho que você devia entrar num Uber e vir direto pra cá."

"Você acha que eu devia pegar um Uber e ir até onde você está?"

"Sim."

Há uma pausa, e é como se tudo tivesse parado. Até mesmo a festa foi posta em segundo plano.

"Me manda o endereço."

Você está segurando a câmera mais uma vez. A silhueta esguia dela encolhida no parapeito, fumando um cigarro. Você tira a foto, ela toma a câmera de você e a põe de lado. Em troca, pega sua mão. O calor da mão dela na sua, o polegar em ação mais uma vez. Ela pisca com suavidade, um pouco antes dos lábios se abrirem em um sorriso. Ela puxa você mais para perto. Ela está se balançando um pouco, e você percebe que ela o está conduzindo em uma dança. As frequências dos graves são mais fortes, mais rápidas, mas lentas o suficiente para que não pareça uma corrida. Lento o suficiente para fitar os olhos dela enquanto você se aproxima, movendo-se em um ritmo leve e compassado.

Você está assustado. Mas, quando ouve música, e algo, algo se apodera de você, algo fecha os seus olhos, move seus pés, quadris, ombros, balança sua cabeça, invade seu íntimo, o convida a fazer o mesmo, o conduz, mesmo que apenas por um momento, em direção a algo diferente que não tem nome, não precisa de nome, você questiona isso? Ou você dança, mesmo quando não conhece a canção?

19

Falando em música e ritmos, é domingo de carnaval e o que deveria ser um *dub* de abalar os ossos acaba sendo o ruído abafado da chuva. A chuva chegou conforme o aviso, constante e leve. Ela já havia tomado a decisão de fazer planos alternativos, mas não custa lamentar.

"O único dia do ano em que eu só quero aparecer, e dançar, e me divertir... e o que a gente recebe é isso aí", diz, sinalizando o aguaceiro caindo do céu cinza sujo. O trovão ribomba, como o ronco distante do estômago de um gigante, e ela suspira, e um vento rápido se junta aos sons da natureza.

Na noite anterior, você estava sentado no sofá dela quando ela fez a declaração.

"Não acho que seja uma boa ideia", você disse.

"Por que não?"

"Eu só... é bem repentino."

"Mas eu quero. Qual é, vem cá me ajudar."

No banheiro, você ri e dá gargalhadas enquanto ela molha o cabelo, desfazendo os cachos com água. Você enfia uma luva e ajuda a espalhar a tinta no couro cabeludo macio, uma, duas vezes, até atingir a cor desejada. Ela está indo do escuro para o loiro, espalhando produtos químicos como se faz em uma câmara escura, para estimular uma imagem a emergir do celuloide. A beleza de fotografar em filme está no inesperado. Você não sabe o que vai aparecer do processo de revelação. Você está fazendo o mesmo aqui, o descolorante nas raízes escuras produzindo um brilho como a luz suave do sol ao nascer do dia. Quando se deita na cama para dormir, você passa a mão pelos cachos amarelos, e ela murmura rumo ao sono.

"Isso é bom", ela diz. "Isso foi tão bom. Gostei desse verão juntos."

"Ainda não acabou", você diz, mas ela já está dormindo.

Domingo de carnaval. Fragmentos como uma tira de filme: caminhando por poças em Rye Lane, determinado a encontrar um espaço onde ela se sentisse segura. Olhando para dentro da barbearia, *dando uma passadinha*. Apoiando-a pelo dorso do seu antebraço. Vai ficar tudo bem, você diz, não porque ela esteja nervosa, mas porque você acredita nisso. Lá dentro, esperando que uma cadeira fique livre. Uma pequena dose de rum para aliviar o nervosismo. "Aquele é o seu namorado?" A resposta é muito complexa: e, quando tiver as palavras para explicar, ainda assim elas vão parecer inadequadas. "Não vou machucar ela", diz o barbeiro, notando como você o encara enquanto a navalha desliza pelo couro cabeludo dela. Você ouve a conversa e sabe que ela encontrou mais um lugar onde se sentir confortável. Dois pontinhos de sangue na testa enquanto ele dá os últimos toques. Vocês dois prometem voltar. Não parece algo dito da boca para fora.

Domingo de carnaval. Vocês estão raspando o prato com os garfos. Sobras da véspera, arroz com ervilhas, frango caipira, a carne soltando do osso.

"Tenho que ir logo", você diz. "Você ainda tem planos de sair?"

"Acho que sim", ela diz, encobrindo um bocejo. "A gente vai tirar um cochilo", diz ela, saindo da sala.

No quarto dela, você sobe na cama, se cobre com o edredom, se sentindo cansado do nada.

"Peraí", ela diz.

"O quê?"

Ela ri. "Você achou mesmo que a gente ia tirar um cochilo?"

Domingo de carnaval. Você volta mais tarde naquela noite, depois de deixar a casa dela por algumas horas. Tira os sapatos sem desamarrar o cadarço. Ela está onde você a deixou, na cama, o sorriso ainda traçado nos lábios, as palavras ainda ecoando de forma agradável, como uma risada: "Você achou mesmo que a gente ia tirar um cochilo?".

Já é noite e a chuva parou. Você conta para ela da festa a que foi quando a deixou e reflete sobre a enorme festa de rua a que não conseguiu ir.

"Tem sempre o próximo ano."

Ela acena com a cabeça, se acomodando nas dobras do edredom. Você a envolve com os braços e os deixa ali, se sentindo reconfortado pelo calor dela. As curvas e saliências são familiares. A forma dela é reconhecível, mesmo com o cabelo loiro recém-cortado. Ela cheira a ela mesma, o que é uma evasiva, na verdade, mas, se fosse pressionado, ia dizer que ela cheira a um lugar ao qual você chama de lar.

20

O céu londrino se mostra de um cinzento miserável na segunda-feira de Carnaval. Quente e abafado e pesado. O verão está começando a estagnar e a definhar. Você encontrou um amigo na estação de trem Victoria. Vocês não se viam há anos, desde muito antes de ele ser privado de sua liberdade, mas esse não é o momento e nem o lugar, não, esse é um momento de alegria e então nenhum dos dois menciona as cartas que escreveram um para o outro durante aquela temporada de dezoito meses, nenhum dos dois faz piadas sobre o corpo magro ganhando massa, nenhum dos dois sugere que possa haver algo mais, algo como cansaço, nadando naqueles olhos castanho-escuros. Vocês se abraçam e trocam números, prometendo ligar no final do dia, os dois sabendo que a possibilidade de atenderem o telefone durante o carnaval é bem pequena. Vocês se separam, indo para o metrô. Quando você emerge, Londres ainda está cinza, o céu de uma só cor. Por sorte, você esbarra em mais amigos caminhando ao longo do trajeto, indo ao encontro de sons e de sinais. *Indo a uma festa na casa de alguém. Tipo uma cobertura, eles têm uma pequena sa-*

cada. Você se lembrou do livro NW, da Zadie, quando Leah e Michel aceitam o convite de Frank para ir até o *apartamento incrível que ele tem na área dos eventos de carnaval*.

Daqui você pode ver tudo. Não há necessidade de se arrastar para o meio daquela massa de pessoas à procura de um banheiro ou de frango ou fugindo do barulho e da violência na rua, ali sempre há violência, *acho que é isso que você espera quando...* sim? É isso o que você espera quando? E em meio ao silêncio alguém lhe oferece um enroladinho de salsicha e uma *lager* Red Stripe, e lhe diz para comer e beber até ficar satisfeito. Então há uma reviravolta e começam algumas desinibições. Há imitações do inglês fora dos padrões, como se o patoá fosse uma extravagância, e não uma necessidade, como se a linguagem não tivesse surgido da divisão do corpo negro. Há uma peruca rastafári aqui também. Você não está surpreso por não se divertir. Ninguém percebe que você escapa pelas escadas direto para o Carnaval de rua, bem a tempo de testemunhar um crime sendo cometido. A mulher, levando a massa amarela de uma empanada jamaicana em direção à boca aberta. O homem, avançando na direção dela sem qualquer consideração, o cotovelo dele batendo no dela, uma leve surpresa quando a massa cai no chão, aterrissando com um som surdo. Ele não olha para trás. Ela está confusa demais para persegui-lo. Ela ergue os olhos e o vê, a testemunha, e os dois sorriem em sofrimento. Foi assim que você se viu ao lado de uma estranha, lhe contando os lances de uma festa em um apartamento com sacada. Enquanto você fala, a voz oscila ao descrever a linguagem usurpada, rapinada para a diversão de alguns. Ela pega seu cotovelo na palma da mão macia e pergunta se você está bem. Você lhe diz que está legal, legal mesmo, porque o lugar que escolheu para viver é exatamente esse. Então vamos lá, ela diz, serpenteando por entre aquela aglomeração de pura alegria, indo em direção ao sistema de som onde você sente o pulsar grave do baixo, como um batimento cardíaco. Há uma agradável liberdade nessa desaceleração; onde as frequências são mais baixas e o lance não é tanto uma questão de cabeça, mas de peito. Ela movimenta os quadris com muita flexibilidade, coloca sua mão em volta da cintura dela e o encoraja a desacelerar. Você se extasia agarrado ao entusiasmo lamacento de um momento generoso encontrado sob o cinzento miserável do céu londrino na segunda-feira de carnaval. É um milagre inesperado nesses instantes de liberdade. Beber vinhos, suar debaixo do braço e descansar apoiando a testa, mas nem ligue. Desacelere e se deixe guiar pelas batidas surdas naquele ritmo sonolento. Há uma cutucada no cotovelo, um jovem oferecendo a chama de uma fumacinha tóxica entre o indicador e o polegar. A vermelhidão dos olhos aumentando a cada tragada suave até que as pupilas ficam dilatadas e pretas. Pegue leve. Sinta o prazer. A mão em volta da cintura dela, uma pequena chama na palma, os olhos em chamas. Se solta, ela diz, e seus quadris saem do padrão como a linguagem. Não há necessidade de imitações. O céu londrino miseravelmente cinza na segunda-feira de carnaval, o calor abafado marcando passo nas costas nuas enquanto você dançava o dia todo com uma estranha.

21

Vocês estão no finalzinho do verão do jeito que começaram juntos o inverno, serpenteando pelas avenidas secundárias de New Cross a Deptford. Os dois se deparam com uma das amigas dela, e você observa a conversa delas dançar em torno uma da outra, com um ritmo tão fácil, com tanta beleza de ser. Seguindo em frente, bêbados de um jeito descontraído. A sobriedade estende a mão em uma noite no final do verão, e os dois a rechaçam. Não agora, ainda não.

Quando estão a uma curva do apartamento dela, seus dedos se entrelaçam. A semente que você plantou há tanto tempo cresceu, as raízes se agarrando na escuridão, se aproximando mutuamente. Seus lábios se encontram sob a copa de uma árvore que já apresenta sintomas outonais.

Você está no finalzinho do verão dividindo um cigarro com ela. Ela o observa se atrapalhar todo com o isqueiro. Você não fuma, e ela sabe disso, mas o álcool torna mais fácil sucumbir à ideia. Além disso, há uma intimidade em compartilhar isso com ela que você ama. Ela pega o cigarro como já fez muitas vezes antes, com gentileza, e depois o acende com calma.

"Sabe", faz uma pausa para dar uma tragada. "Certo, a gente vai falar disso agora, estou bêbada e a gente vai falar disso agora." Outra tragada. "Eu estava conversando com meus amigos sobre você, sobre a gente. E tem partes de mim que você vai ter que conhecer e entender." Ela olha para o chão por um momento. "Nunca fiz isso antes, na verdade. Quer dizer, já fiz, você sabe disso, mas desta vez é diferente."

Há palavras e frases dando voltas no seu cérebro. Você quer dizer a ela como tem se sentido, dia após dia. Quer dizer que mal pode esperar para saber mais coisas sobre ela, sobre ela todinha. Mas que pode e vai esperar, esse tempo não significa nada para você e para ela agora, nem um pouco. Você quer lhe dizer o quanto a ama, mas se depara com uma impossibilidade, então, em vez disso, se lança ao queixo dela e a puxa para um beijo, esperando que ela entenda.

Vocês estão no finalzinho do verão, mãos apoiadas nas coxas um do outro. Sentados um de frente para o outro no trem a caminho de casa, vocês estavam sustentando um olhar que podia ser perdoado por sugerir que jamais vai ser rompido. Em momentos como esses, o tempo se move como o relacionamento de vocês, aos tropeços; passado, presente e futuro se fundindo no calor de seu toque. Nenhum dos dois quer se libertar desse olhar, mas você sabe que deve, mesmo que por um breve instante, sabendo que voltar a ele é uma inevitabilidade.

***

Mais tarde, deitados juntos na cama, a sensação de atemporalidade bate mais pesada agora que você chegou a um impasse. Este momento parece durar para sempre. O que Kierkegaard diz da diferença entre um momento e um instante, da plenitude do tempo? É irrelevante, no momento em que vocês se apalpam no escuro, conhecendo um ao outro por completo, de uma forma que não será esquecida, de uma forma que parece certa.

Vocês estão no finalzinho do verão, imaginando como é possível sentir falta de alguém antes que esse alguém tenha partido. Há vidas se movendo ao seu redor, mas elas são de pouca relevância. Encostado em um quadro de avisos, os braços ao redor dela, passando o queixo na suavidade da cabeça loira raspada. Os dois estão esperando bastante tensos pelo anúncio da plataforma do trem dela, e bem na hora...

"É o seu", você diz.

"É o meu", ela diz.

Ela vai de Londres a Holyhead e de lá pega a balsa para Dublin. Ela o beija na plataforma, um pé no trem, um pé para fora. O apito soa uma vez. Você precisa se afastar do trem, porém não está pronto. Você nunca amou à distância, no entanto nunca conheceu um amor assim. Você quer dizer a si mesmo e a ela que tudo vai ficar bem, que nada vai mudar, mas você não sabe. O apito soa mais uma vez e as portas do trem se fecham, tudo muito rápido. Você segura as lágrimas até que o trem se afaste, até você sair da plataforma um tanto cambaleante. É como se o verão tivesse sido uma longa noite e você tivesse acabado de acordar. É como se os dois tivessem mergulhado em mar aberto, mas você ressurgiu com ela em outro lugar. É como se os dois formassem uma articulação, só para fraturá-la, só para quebrá-la. É uma dor que você não conhece e não sabe como nomear. É assustador. Apesar disso, você sabia no que estava se metendo. Você sabe que amar é tanto nadar quanto se afogar. Você sabe que amar é ser um todo, parte de um todo, uma articulação, uma fratura, um coração, um osso. É um sangramento e a cura. É estar no mundo, ser honesto. É colocar alguém ao lado do seu coração pulsante, na escuridão absoluta do seu interior, e confiar que esse alguém vai mantê-lo por perto. Amar é confiar, e confiar é ter fé. De que outra forma você deveria amar? Você sabia no que estava se metendo, mas pegar o metrô, voltar para casa sem ter a certeza de quando vai voltar a vê-la, é assustador.

* * *

"Então agora eu tenho um lugar…"
"Sim?"
"Quando pode me visitar?"
"Quão cedo é cedo demais?"
Na semana seguinte, você está de pé junto ao balcão da cozinha dela em Dublin preparando o café da manhã. As fatias de bacon crepitam na frigideira enquanto ela digita no notebook, planejando coisas para os dois fazerem juntos na cidade.

"Sem dúvida a gente devia ir ao Guinness Storehouse enquanto você estiver aqui", diz. "Existe algo visualmente agradável em ver a cerveja sendo feita."

"Vamos nessa. A Guinness é a segunda bebida mais consumida em Gana."

"Sério?", ela diz, erguendo a sobrancelha.

"Sim. É tipo, você vai a um bar e em vez de pedir uma caneca de cerveja, pede uma Guinness."

"Você não está dizendo isso só pra me agradar?"

"Juro."

"Certo, perfeito." Ela volta os olhos para o computador. "Quer dizer, é uma coisa tão de casalzinho de se fazer, mas tudo bem", diz, incapaz de esconder a alegria que essa ideia lhe traz. "A gente faz isso amanhã. Tenho um monte de trabalho pra fazer hoje. E então hoje à noite… a gente vai sair."

Naquela primeira noite: rum, sidra, sidra, o trago interrompido por três maconheiros desintoxicando vocês dois com sálvia, e ainda um conjunto maravilhoso de música improvisada. Ela pede que você descreva o cheiro dela, e você fica constrangido, porque já tinha pensado nisso antes, então a resposta estava pronta e escapuliu de sua boca: doce, como flores que acabaram de desabrochar. Não enjoativo, mas doce o suficiente para deixá-lo sorrindo. Naquela noite, os dois ficam bêbados e roubam copos do bar. Você diz que ela merece ser amada do jeito que você a ama, e ela começa a chorar, silenciosa como a chuva.

Na manhã seguinte, você se olha no espelho com olhos injetados e pergunta se ela tem paracetamol.

"Pensei que você nunca ficasse de ressaca", ela diz.

"Ah, não enche."

Acabam atravessando o Phoenix Park. As dragas do verão pairam sobre vocês enquanto ela descreve um verão que havia passado trabalhando em Dublin um pouco antes de conhecer você. Esse período deu origem a uma percepção diferente da cidade, o que permitiu que ela respirasse aqui. É uma expressão estranha, você pensa, ter permissão para respirar, ter de pedir permissão para algo tão natural, a base da vida; por sua vez, tendo de pedir permissão para viver. Você está tentando se lembrar das ocasiões em que não conseguiu respirar, quando cada inspiração exigia esforço, tentando contornar o peso alojado no lado esquerdo do peito, tentando ignorar o peso de ter que saber *como* respirar aqui...

"Por onde você andava?"

Os olhos dela brilham quando encontram os seus. Você balança a cabeça enquanto os fios do pensamento se soltam e se distanciam.

Caminhando em direção ao cinema, vocês passam por uma van da polícia. Eles não estão questionando você ou ela, mas olham na direção dos dois. Com esse ato, confirmam o que você já sabe: que seus corpos não são de vocês. Você está com medo de que eles reivindiquem a posse, então puxa para baixo o capuz que o está protegendo do frio. Ela não menciona isso — a troca silenciosa, o ato de autopreservação — até que estejam sentados do lado de fora do prédio dela, observando um cachorro dançar pelo gramado com a lua como holofote.

"Você está bem?" Ela faz uma pausa enquanto acende o cigarro, dando uma longa tragada. "A polícia. Mais cedo. Está tudo bem?"

"Sim. Sim, tudo bem. Pensando no filme."

O filme que viram juntos naquela noite, *Se a rua Beale falasse*, do Barry Jenkins, acabou com você. Você não chorou, sentiu apenas uma pontada quando algo se encaixou no lugar, se reconhecendo nas ações dos outros. Você não chorou quando as maçãs do rosto de Fonnie ganharam forma e um propósito que ele não intencionava; quando o homem cansado estava de um lado do vidro e Tish do outro, igualmente cansada, embalando o filho que ainda não havia nascido, um antebraço protetor em volta da barriga distendida. Você não chorou quando Fonnie, levado a limites extremos, explodiu, tentando explicar as complexidades de sua condição atual sem poder contar com a linguagem; Tish, dano colateral, uma história que você conhece muito bem. Você não chorou quando ela, imóvel, estendeu a mão até ele para dizer: *Entendo pelo que você está passando, estou com você, querido*. Não, você não chorou, sentiu apenas uma pontada quando algo se encaixou no lugar, se reconhecendo nas ações dos outros. A motivação de cada personagem era a manifestação do amor — ela lhe disse isso — em suas mais variadas ações. Todas as ações são orações, e essas pessoas têm fé. Às vezes, isso é tudo que você tem. Às vezes a fé é suficiente.

Naquela noite, você sonha que a polícia escreveu a história da sua morte e seu nome foi incluído apenas como nota de rodapé. Você acorda de súbito com um pulo, pressionando a perna dela ao fazer isso; suas pernas estão entrelaçadas e ela solta um pequeno gemido enquanto você luta para se equilibrar. Não é a primeira vez que essas ansiedades o assombram durante a noite e, como antes, as imagens permanecem por muito tempo depois de ter acordado. Muitas vezes você suspeita que esse seja o seu destino e, embora ela esteja sempre com você, ela não estará lá nessa hora — e você não vai saber para quem ligar em caso de emergência. Você se pergunta se a emergência já começou. Evidências dessa ideia: a surpresa diária de ter sua grande estrutura envolvida em situações aleatórias; ser seguido por seguranças em lojas, tanto os que se parecem com você como os que não; a alteração da identidade com sílabas que nunca foram o seu nome. Leitura complementar: piadas às suas custas, insinuando uma delinquência ou falta de intelecto; outros querendo cooptar uma palavra que não ousam dizer na sua presença, como se não tivessem arrancado o suficiente de você; a cansativa prática de ser olhado, não visto.

Você a deixa na cama e vai primeiro para a cozinha, tomar um copo d'água, depois para a sala. Quando as inquietações o assombram à noite, você gosta de assistir a rappers fazendo improvisações, porque há algo de maravilhoso em assistir a um homem negro convidado a se expressar de improviso, e florescer. Você carrega um vídeo que já viu antes no celular e acena com a cabeça no escuro. A primeira vez que você ouviu Kendrick dizer *Haha, a piada é você mesmo, toca aqui, sou à prova de balas, seus tiros nunca vão penetrar*, essa fala não se fixou na sua cabeça, ofuscada por *aquele* instrumental e o humor brincalhão do seu rapper favorito. Agora você quer reprocessar essas palavras para um futuro em que possa viver no presente. Você gostaria de ser à prova de balas. Você gostaria de acreditar que os tiros nunca vão penetrar. Você gostaria de se sentir seguro.

Nos próximos dias, você não consegue parar de pensar em uma cena do filme *Os donos da rua*, de John Singleton, quando Tre chega à casa de sua namorada, Brandi, depois de ser parado pela polícia enquanto dirigia. A abordagem é rotineira. Os policiais, um homem negro e um branco, mandam Tre e o amigo dele saírem do carro. Eles encostam os dois no capô, enquanto Tre, o mais articulado da dupla, insiste que não fizeram nada de errado. Por causa do comportamento hostil, Tre pergunta ao policial negro que o está revistando, *Por que você está fazendo isso?* A pergunta acende um pavio que está sempre latente. O policial engatilha a arma e a enfia no pescoço de Tre. As lágrimas escorrem pelo rosto de Tre e se juntam no queixo dele. O policial não responde diretamente, mas com essas ações ele está dizendo, *Estou fazendo isso porque posso.*

Quando Tre entra na sala de Brandi, ela pergunta o que há de errado. Ele responde, *Nada*. Ele diz isso porque ser ele é pedir desculpas e muitas vezes esse pedido de desculpas vem na forma de repressão, e essa repressão também é injustificada. Ele explica que está cansado. Que já aguentou o suficiente. Que ele quer que... Não há palavras para o que ele quer fazer. Ele começa a golpear o ar porque precisa desabafar. Ele precisa explicar. Ele precisa ser ouvido. Ele golpeia o ar, golpes vigorosos, na esperança de pegar aquilo que o cerca e que muitas vezes o engole. Ele começa a gemer, baixinho e sufocado. Ele quer acreditar que o consolo de Brandi vai aliviar a situação, mesmo que apenas um pouco, mas ainda assim as lágrimas vêm. O pranto ainda continua.

Mas a gente tá de boa, tá mesmo de boa, fingindo estar de boa. Mantendo tudo na real, de boa, até…

***

"Você tá bem?", ela pergunta. "Aonde você foi?"

"Estou bem", você diz. E você está. Apesar daquele incidente em Dublin de alguns dias antes ter ficado gravado, apesar de sua atenção continuar retornando a essa memória e aos rumos que aquilo poderia ter tomado, apesar disso, você está de boa na presença dela. Ou pelo menos acredita estar.

"Você não precisa estar", ela diz. Ela pega sua mão e esfrega o polegar no dorso. "Mas divida as coisas comigo. Só quero que você fique bem."

"Idem. Idem." Essa é uma sala diferente daquela que vocês conhecem juntos, mas a rotina é a mesma. O brilho reduzido de uma luz lateral banhando a sala com uma luminosidade insuficiente. Suas figuras sorridentes lançam sombras contra as paredes amarelas.

Os poucos dias que passaram juntos foram gastos sem fazer nada a sério, o que já é alguma coisa, é uma intimidade em si. Lá fora o chão está molhado agora, mas ainda não choveu. Vocês dois preferem o calor, mas gostam da chuva e de seu barulho sereno. Vocês passam o último dia juntos tentando se manter presentes. Semelhante a empurrar a pedra de Sísifo até o topo de uma das maiores colinas da cidade, só para ela rolar de volta a cada empurrão.

"Você tá longe", ela diz, trazendo-o de volta ao presente. "Não se esconda de mim."

22

Toda vez que ela pergunta se você está bem você assente, mudo, convencendo-a, ao mesmo tempo que tenta convencer a si mesmo. Aí ela pergunta, tem certeza? Ser você é ter que pedir desculpas e muitas vezes esse pedido de desculpas vem na forma de repressão, e essa repressão é injustificada. Só que aqui você tem de abrir os braços e dizer do fundo do peito que está cansado. Que já aguentou o suficiente. Que você quer que... Não há palavras para o que você quer fazer. Você começa a sufocar e se desespera em busca de ar enquanto as lágrimas escorrem pelo seu rosto. Você geme, baixinho e sufocado. Você precisa explicar. Você precisa ser ouvido. Você pensa que está sozinho nessa até perceber que ela também está nessa com você. Você quer acreditar que o apoio dela pode aliviar a situação, mas só se você se deixar ser abraçado. Não precisa se desculpar aqui. Todas as vezes que ela perguntar, você está bem, não tenha medo da verdade. Além disso, ela sabe antes de você falar. Não há consolo à sombra. Se permita ser ouvido e ouça as palavras dela. Tenha fé. Chupe a mordida da cobra, cuspa o veneno aos seus pés. Olhe para a cicatriz que está desaparecendo, mas não se perca em pensamentos. Não se esconda, mas também não se perca em pensamentos. Não há consolo à sombra. Se permita ser ouvido e ouça as palavras dela. Tenha fé.

Fé é desligar a luz e confiar que a outra pessoa não vai matá-lo durante o sono. Isso é fundamental e audacioso. Dê um nome ao seu amor. Dê um nome aos sussurros doces trocados na escuridão. Dê um nome à beleza de imaginar as pálpebras da sua parceira vibrando durante um sonho no exato momento que ela está despertando. Quanto a beleza é bela? Você pode encontrar os lábios dela com os olhos fechados. *Nada é mais duradouro do que um sentimento.* Diga a ela que está com medo de ser afastado dela. Diga a ela aquelas coisas que você luta pra dizer a si mesmo em certos dias. Diga a ela que você a ama e sabe o que vem com essas palavras. Descreva a imagem de Deus na escuridão: os arcos dos membros dela, longos e esguios, captando a luz até mesmo no escuro; semblante descontraído, olhos fechados, lábios erguidos em um leve sorriso, bochechas puxadas para cima com eles, um pequeno e agradável suspiro escapando da boca de vez em quando; o jeito que o corpo dela se enrijece e se solta, se enrijece e se solta a cada toque, a cada roçar na curva esbelta das costas. Deixe-a beijar a única lágrima. Você não sabe por que está chorando. Às vezes, o amor dói. Você não está triste, mas desconcertado. Detonado como se estivesse em um acidente de carro. Conte uma história para ela. Lembre-lhe daquela vez:

    O sonho febril de uma noite, a mente inchada pelo calor. Você e ela movem os quadris para lá e para cá, deixando o rum escorrer dos lábios nas bordas dos copos para o chão do porão. Do palco um amigo cantarola algo melancólico, mas a alegria não está perdida. As guitarras vibram docemente como os drinques nas mãos de vocês. Você decide que é mais do que a soma dos seus traumas, e a apresenta aos amigos, os ritmos de vocês tão fluidos, uma cena a dois a ser reconhecida. Essa é a minha amiga, você diz, palavras em que nenhum de vocês acredita. (Mas verdades múltiplas não podem existir? Alguma coisa é definitiva? Você acredita em permanência?) Seja como for, essa noite é um sonho febril e vocês se deixam levar por um longo trecho da avenida com a promessa de outro porão ao fim dela. Algo é definitivo? Não, porque vocês dois mudam de ideia quando chegam ao clube. O delírio começou a torturar os corpos e vocês tremem de fome. Vocês se separam do grupo, porque o delírio salvaguarda, assim como a loucura. O restaurante especializado em frango, iluminação agressiva, ela entrega uma cédula de plástico, você agradece, apoia a mão na curva nua da cintura dela e ela se inclina em sua direção, beijo na bochecha, um tom de roxo que ela havia aplicado com cuidado um pouco antes. Refeição da meia-noite em mãos, em uma rua onde você conheceu outra poeta alguns anos atrás. Outro porão. A poeta se inclinou para perto e disse que era para você relaxar durante as preliminares, então em momento algum vocês estavam no ritmo, fluidos, uma cena a dois a ser respeitada. Aqui, vocês se sentam nos degraus da frente de outra pessoa, e você decide que acredita na permanência. Essa assertividade chega quando sua melhor amiga quebra o silêncio escaldante, de forma calma e determinada. Ela diz que o ama e agora você sabe que não precisa ser a soma dos seus traumas, que as múltiplas verdades existem, e que você também a ama.

O compositor Walt Dickerson escreveu a música "To My Queen", em homenagem à esposa. É lenta e contemplativa, e atinge profundidades extremas e belas para tornar permanente uma união em toda a sua cor.

Você não tem a música, mas tem seu próprio jeito de vê-la. Você tem uma maneira de capturar o ritmo tranquilo e intenso dela. Você tem uma maneira de retratar a alegria dela.

Você tem as palavras.

23

Ter um lar é um luxo. Conhecer alguém antes de conhecê-los estabelece uma liberdade até então desconhecida quando se está na presença deles. Talvez seja isso o que o lar representa: liberdade. É fácil ficar todo encolhido onde não se pode viver, é como dobrar a lombada de um livro ao meio para fazê-lo caber nos bolsos.

Às vezes você não sabe por que se sente assim. Pesado e tenso e cansado. É como se a versão incompleta de si mesmo dialogasse com as partes mais completas. Você teve outra conversa com sua avó, muito depois que ela faleceu. Ela veio até você em uma visão noturna e disse que o corpo tem memória. Disse para você expor as cicatrizes na nova pele. Deixe que a mulher que ama o beije e se permita ser chamado de belo. Se desencolha, aprume a espinha que se tornou curvada ao se manter pequeno. Aqui só há liberdade. Você não tinha um lar ao vir a este mundo, mas seu mundo e seu lar se tornaram sinônimos um do outro e são mais ou menos assim:

Você corre para pegar o trem. Alguém deixou o guarda-chuva embaixo do assento na primeira classe. Está chovendo. Você anseia por um céu azulado e o brilho do sol. Ela disse que havia uma fome em seus olhos, e você não discordou. Vocês vêm do mesmo lugar. O mesmo pano. Ouro entrelaçado no tecido kente. A camisa feita para você na casa da sua avó é azul-clara como a paz que você deseja. Você quer dar isso a ela. Como você pode dizer as coisas para as quais não há linguagem? Você pode pensar em um tempo em que ela estava com fome também?

Voltando de Dublin, no trem para casa, você não sabe que está chorando até que gotas disformes aparecem nas páginas. Trancada na garganta, sílabas sendo arredondadas e suavizadas, a linguagem reduzida a ruído. É assim que você diz aquelas coisas para as quais não há palavras. Você quer gritar. Dois se tornaram um, mas uma lâmina quente foi levada à sua pele e você tem que usar essas histórias como cicatrizes. Você quer lavá-las e apagá-las, e observar enquanto ela nada na banheira, os membros esbeltos soltos na água. Amor como forma de meditação; alcançando uma expressão mais honesta de si mesmo. Tenha em mente que seu corpo tem memória. As cicatrizes nem sempre maculam. Você as beija e a chama de bela. Você sempre se surpreende com a textura dela sob seus dedos. Você quer se deitar ao lado dela na escuridão e lhe sussurrar suas verdades: *Para minha rainha, para sempre é muito, muito tempo, mas eu a conhecia antes de conhecê-la, então agora estamos livres*. Você não tinha um lar ao vir a este mundo, mas está em casa agora. Agora você está em casa.

24

"Você vai cortar o cabelo antes de eu voltar pra casa?"

"O que tem de errado com o meu cabelo?", você pergunta, passando a mão pela cabeça, sentindo os pequenos cachos começando a enrolar.

"Na verdade, não tem nada de errado", ela diz. "Mas seria legal, você fica bonito com um corte novo."

"Você tá cavando a própria cova."

Enquanto caminha, você fica de olho nos pedestres que se aproximam, segurando o celular um pouco à frente, tentando manter o rosto no enquadramento da videochamada. A quase seiscentos e cinquenta quilômetros de distância, ela se atira na cama e aponta para a câmera com o dedo, tentando diminuir a distância.

"Olha, não acho que seja um crime querer que o meu homem esteja bonito e se sinta bem."

"Pra lá de justo."

"Então, você vai cortar o cabelo ou não?"

"Talvez."

"Talvez?"

Você para de andar, no momento certo, e aponta a câmera do celular a sua frente em direção à barbearia.

"Ah", diz ela. "Telepatia." Você desliga e entra.

Um corte de cabelo é uma cruzada. Você pensa na espera, na espera de que o cabelo cruze o limite que o barbeiro impôs na sua testa algumas semanas antes. Você pensa na decisão de ir, uma aposta em si; seu barbeiro, como a maioria dos barbeiros, não marca horário. Hoje, ao entrar — você chega cedo, cedo é sempre melhor —, há uma criança na cadeira, berrando enquanto o barbeiro leva um pente com dentes de metal ao cabelo que cacheou e enroscou. Raízes e uma vegetação rasteira se fundiram para formar um arbusto denso e crespo na cabeça dele. A mãe observa conforme o barbeiro tenta passar o pente no cabelo, que não retribui o esforço. Leon, o barbeiro, não desiste. Ele passa óleo no cabelo com as próprias mãos, a fim de que a jornada se torne suave para o pente em vez de provocar aqueles pequenos estalidos que são como raminhos quebrando. Ele cuida e a criança se acalma, confortada pelo esforço e pelas orientações do barbeiro para evitar que o cabelo embarace.

Não demora muito para o barbeiro acenar na sua direção e sinalizar que é a sua vez. Você se senta na cadeira, deixando que ele coloque o avental sobre você, que em seguida o fecha no pescoço. Ele pega a máquina de cortar cabelo na mão; o zumbido do mecanismo opera com uma vibração que fala com você e o encoraja a fazer o mesmo.

"O que cê qué?", ele pergunta.

"Corta na zero. Deixa o topo, por favor."

"A barba?"

"Pode raspar."

O barbeiro trabalha em silêncio, murmurando para si mesmo. Você fecha os olhos e se permite divagar. Você está seguro aqui. Pode dizer exatamente o que quer e sabe que está tudo bem. Sabe que há uma percepção de controle aqui que você não tem com frequência. Sabe que pode ser livre aqui. Onde mais se pode garantir que as pessoas negras se reúnam? Trata-se de um ritual, de um santuário, de um recital inebriante. A cada visita, você está declarando que ama a si mesmo. Você se ama o suficiente para se cuidar. É aqui, na barbearia, que você pode ser barulhento e equivocado e correto e calado. É aqui que você pode se inclinar para o próximo homem e expor o seu caso, pedir esclarecimentos, se informar a respeito daquilo que não sabe. É aqui que você pode rir, é aqui que pode ser sério. É aqui que pode respirar. É aqui que pode ser livre. Sobretudo com o seu barbeiro. O que você diz a ele permanece com ele.

"Como tem ido?", ele pergunta.

"Não posso reclamar. Não posso reclamar. E você?"

"Acabei de voltar de férias. Tava em Gana."

"Como é que foi?"

"Meu corpo tá de volta, mas minha mente ainda tá lá."

"É um lugar especial."

"Você já foi?"

"Um tempo atrás. Minha família é de lá."

"Faz sentido. Você tem essa energia, esse ritmo. Todo mundo lá é tão calmo. Eles não têm pressa. Eles comem, eles bebem, eles riem. Vivem bem. E vou te contar outra coisa", diz, dando um tapinha no seu ombro. "Ninguém precisa se preocupar em ser como a gente quando estiver por lá."

"Ouvi falar", você diz.

"Esse tipo de liberdade?" Ele balança a cabeça e continua a passar a máquina no seu couro cabeludo.

"É só diferente", ele começa alguns minutos depois. "A luz do sol. O clima, me dá vontade de fazer as coisas. De estar no mundo. Quando estou aqui, chega o inverno e eu hiberno." Ambos riem. "Não era para eu estar aqui, sabe? Vivo neste país há anos e anos, antes de você nascer. Vim pra cá, tive meus filhos, meus filhos tão tendo filhos. E ainda assim, não me sinto em casa. Não me parece que me queiram aqui. Humm. O que você faz? De trabalho?"

"Sou fotógrafo."

"Olha. Você não precisa estar aqui. Tem sua cara-metade?"

Você tira o celular do bolso e mostra a foto dela na tela inicial.

"É linda. Quer meu conselho? Encontre um lugar que você possa chamar de lar. Não é aqui. É muito difícil simplesmente estar neste lugar. Tanta coisa acontece que você nem percebe até perceber, entende o que tô falando? Vá pra algum lugar onde você possa ser livre. Onde você não precisa pensar demais no que fazer antes de fazer. Encontre um lugar que possa chamar de lar." Ele dá um tapinha no seu ombro mais uma vez. "Tá pronto, jovem."

Do lado de fora, você para e remove da nuca as minúsculas partículas de cabelo escuro. Uma leve brisa roça sua cabeça recém-aparada. Você começa a desembaraçar os fones de ouvido para caminhar até em casa quando o barbeiro se junta a você na marquise da barbearia. Ele cantarola, observando o tráfego passar nessa rua principal. Do bolso ele tira um saco de tabaco, alguns papéis de seda. Ele abre o saquinho e há o cheiro de algo mais doce, algo mais obscuro, intenso como almíscar, mas leve como uma nuvem. Você observa enquanto ele aperta a ponta de um papel e, apoiando o saco entre a barriga e o braço, alinha o baseado com uma porção salutar. Ele o rola para a frente e para trás e o leva até a boca para selar, cantarolando o tempo todo. A canção é um refrão, uma musiquinha leve que saltita para cima e para baixo nas escalas. Isso é um ritual, você pensa, enquanto ele torce a ponta e puxa um isqueiro. O baseado acende na primeira tentativa e o barbeiro puxa a fumaça para os pulmões.

Ele o cutuca, braço estendido, o baseado uma oferenda do santuário. Você o pega e inala o mais fundo possível. Você sente o cérebro ficar nebuloso e sombrio de imediato.

"Cuidado", ele diz. "Não muito rápido. Essa é forte. Vai ajudar você a esquecer."

Ele abre a boca quando você dá outra puxada e começa a cantar. A melodia é tão doce, como a de um pássaro que aprendeu a voar na gaiola dourada. Ele lhe passa o isqueiro, pois o baseado só produz fumaça e não chamas na sua mão. Mais um tapinha. Mais turvo, mais sombrio. O tempo todo ele canta. As feições dele relaxam, a cantoria é deliberada. Ele move os ombros em ritmo lento, e você faz o mesmo, balançando de um lado para o outro, enquanto a voz dele ganha volume, enquanto o fogo arde na sua mão, enquanto você fica do lado de fora do santuário, enquanto completa esse ritual, embalado pelo recital inebriante dele.

A próxima baforada leva você da alegria para a escuridão. Você começa a entrar em pânico e ouve a música do barbeiro, mas ela o leva ainda mais para o fundo, para a escuridão ainda mais densa. É um caminho fácil. Você está com uma dor repentina. Você pensou que havia fechado esse caminho hoje, mas está sendo confrontado com sua dor. Você acaricia cada cachorro na cabeça e os observa se encolherem diante de sua ousadia. Você está descendo num ritmo infernal, mas não há chamas aqui, as chamas trouxeram você aqui. Nesse pesadelo, há apenas água batendo nos seus pés, mordiscando seus calcanhares. Me mostre suas cicatrizes, o monstro pede. Me mostre onde a cobra se enrolou em seu braço e cravou os dentes em carne macia. Você arregaça as mangas e mostra a ele os buracos que pontilham seus membros. Saia das sombras, ele diz. Não há consolo à sombra. Me mostre onde dói, ele diz. Não espere a água subir. A água não vai salvar você. Você olha para baixo e vê um reflexo trêmulo na ondulação das profundezas sombrias. Deus tem muitas faces. Inúmeras vozes. Uma canção na escuridão. Tenha fé. Chupe a mordida da cobra, cuspa o veneno aos seus pés. Engolir é suprimir. Ser você é ter que pedir desculpas e muitas vezes esse pedido de desculpas vem na forma de repressão, e essa repressão é injustificada. Bote tudo para fora. Não espere a água subir. Não se desculpe. Perdoe a si mesmo.

"Cuidado", você ouve de novo e é trazido de volta do devaneio. A chama arde em sua mão. O barbeiro ainda está cantando, doce como um pássaro canoro.

"O que tá tentando esquecer?", pergunta a ele.

Ele pega o baseado de volta, puxando a fumaça para os próprios pulmões. Ele sai da sombra do prédio até um raio do sol.

"Não sei. É uma sensação. Algo muito *profundo*. É alguma coisa em mim." Ele ri um pouco para si mesmo. "Essa coisa não tem nome, mas sei como a gente se sente. Isso dói. Às vezes, dói ser eu. Às vezes, dói ser a gente. Sabe?"

Você entende. Muitas vezes, não lhe é dado um nome. Você gostaria de ser corajoso o suficiente. Mas mesmo que você não se nomeie ou nomeie sua experiência, ela permanece. Subindo à superfície, óleo boiando na água. Você quer reivindicar essa vida que leva. Aqui, ao lado desse homem, o sol deslizando pelos óculos dele, fragmentando a luz dos olhos castanho-claros em tons de amarelo, vermelho, avelã, verde, você não tem medo de dizer que está com medo e pesado. Você espera que ele se sinta incentivado a fazer o mesmo. Você tem a sensação de que ele se sente como você às vezes: como se você estivesse boiando e serpenteando no oceano, uma luta para a qual você não se alistou. Você não quer afundar. Você pode nadar na água, mas o óleo vai matá-lo. Você não quer morrer. Isso é fundamental e audacioso, mas você quer aproveitar ao máximo enquanto ainda pode.

Você cutuca a dor no seu lado esquerdo e quer se tornar mais leve. Você reza em todas as suas ações para que este não seja o dia. Todo dia é o dia, mas você reza para que o dia de hoje não seja o dia. Sua mãe reza todos os dias para que este dia não seja o dia. Você a ouve através da porta do banheiro, orando pelos filhos, até quando você está bancando um rapper enquanto nada em águas rasas. Ninguém aguenta barras mais pesadas que sua mãe, pois ela ora por você todos os dias, para que este não seja o dia. Você sabe que este dia pode ser o dia, mas ainda assim você ri quando sua parceira diz que está preocupada que você viaje à noite. Você exibe o sorriso de um rei, mas ambos sabem que o regicídio é corriqueiro. Você remove a espuma escura no chuveiro e reza para que hoje não seja o dia. Se você der um nome a este dia, isso significa que essa vida é sua? Nomear: fundamental e audacioso. Reivindique, tome o poder, tenha um objetivo, isso é seu. Este ato é como trazer uma faca de manteiga para um tiroteio. Você quer bancar o rapper para poder dizer, *eu sei que essa fala não penetrou na mente de vocês*. Você quer se deitar na escuridão ao lado de sua parceira e falar da morte como se não tivesse nada a temer. Você não quer morrer antes de poder viver. Isso é fundamental e audacioso, mas você quer aproveitar ao máximo enquanto ainda pode.

Leon, o barbeiro, homem bonito, sábio como um carvalho, dreadlocks esvoaçando de empolgação, apaga o baseado e anuncia que tem um presente para você. Você o segue de volta para a barbearia. Ele vai até uma estante no canto, as próprias prateleiras vergadas no meio sob o peso das pilhas. Você não se lembra de ter visto outras pessoas entrarem no salão, mas quatro homens esperam pacientemente no longo sofá encostado na parede. Leon dá uma rápida passada de olhos sabendo onde cada livro está e pega um, entregando-o a você. Você lê a capa: *The Destruction of Black Civilization*, de Chancellor Williams.

"Obrigado", você diz. "Vou trazer o livro de volta da próxima vez que vier cortar o cabelo."

"Nah, cara, é todo seu. Esse, esse é um livro ao qual volto algumas vezes por ano. É o presente que mais gosto de dar. Tenho vários exemplares. Fique com esse, depois me diga o que achou."

Você sorri e, quando ia bater seu punho no punho dele, a enorme vitrine se estilhaça, vidro chovendo no chão. O caos é imediato. Todos os homens estão de pé. Você faz um balanço: uma figura, uma camiseta preta, se arrastando com dificuldade pelo chão. Você reconhece esse homem, você o viu zanzando por aí; não, você *conhece* esse homem, compartilhou espaço e tempo com ele. Mas não há tempo para contar essa história. No momento, você está preocupado com o que há do outro lado da vitrine: cinco homens exigindo acesso ao jovem que estilhaçou o vidro ao cair. Eles estão gritando e apontando, e um reflexo de luz de algo em uma das mãos aperta seu corpo, torce seu espírito. Você pode ouvir Leon dizendo a todos para se acalmarem. Você pode ouvir o jovem ofegante. Você pode ouvir os homens no salão gritando também, protetores. Você pode ouvir o medo. Você pode ouvir sirenes à distância. Você pode ouvir o pânico. Os que estão do lado de fora do salão são implacáveis. Mas se recusam a cruzar a entrada deste santuário, a barbearia. Eu não te conheço, cara, você pegou o cara errado, você ouve o jovem dizer. Você se lembra do nome dele: Daniel. Você pode ouvir o medo de Daniel. As sirenes ficam mais próximas. Todos os presentes ficam com mais medo ainda com a presença da sirene, porque quando eles, os policiais, se aproximam, vocês perdem seus nomes e todos vocês fizeram algo errado. Os que estão fora da loja são implacáveis, querem Daniel, gritam para ele sair, para sair antes que eles entrem. Mas as sirenes estão se aproximando, e eles querem mais a própria liberdade do que querem Daniel. Três deles começam a se deslocar. Um continua com aquele reflexo de algo em sua mão. Deve ser dele, a queixa. Os outros insistem que não vale a pena e o puxam para ele vir, vamos, vamos, dizem. Ele acaba cedendo, o rosto contorcido, implacável. É o rosto de um homem que vai tentar de novo outro dia. Eles se movem de forma desajeitada e dão no pé. Há uma respirada coletiva no salão enquanto esperam a chegada da polícia.

Quando eles chegam, o caos é imediato. Eles estão gritando e apontando e o reflexo da luz difusa das armas em todas as mãos aperta seu corpo, torce seu espírito. Você pode ouvir Leon dizendo a todos para se acalmarem. Você pode ouvir Daniel ofegante. Você pode ouvir os homens no salão gritando também, protetores. Você pode ouvir o medo. Você pode ouvir corpos sendo curvados. Um joelho nas costas inclinadas, um livro dobrado na lombada. A gente não fez nada, a gente não fez nada, você ouve Daniel dizer. Eles não ouvem. Você está pesado e assustado. Eles passam as mãos nas suas roupas, vasculham os bolsos e perguntam o que você está escondendo. Você quer dizer a dor, mas não acha que eles entenderiam. Não quando eles são cúmplices. Isso continua até que eles ficam cansados, se sentem entediados, perdem o foco e são chamados em outro lugar. Apenas fazendo nosso trabalho, eles dizem. Vocês estão livres para ir agora, dizem.

"Algum dia a gente já esteve?", pergunta Leon.

Existe essa raiva que você tem. É fria, azul, imutável. Você gostaria que fosse vermelha, para que explodisse do seu próprio ser, explodisse e acabasse, mas você está muito acostumado a esfriar essa raiva, então ela continua. E o que você deve fazer com essa raiva? O que você deve fazer com esse sentimento? Alguns de vocês gostam de esquecer. A maioria de vocês vive todos os dias em um estado de ilusão, pois de que outra forma alguém deveria viver? Com medo? Alguns dias, essa raiva provoca uma dor tão forte que você luta para se mover. Alguns dias, essa raiva faz você se sentir feio e indigno de amor e merecedor de todas as coisas que lhe acontecem. Você sabe que a imagem é falsa, mas é tudo o que consegue ver de si mesmo, essa feiura, e assim você se esconde completamente porque não descobriu como se livrar da própria raiva, como mergulhar na própria paz. Você se esconde completamente porque, às vezes, esquece que não fez nada de errado. Às vezes, esquece que não há nada nos seus bolsos. Às vezes, esquece que ser você é não ser visto e não ser ouvido, ou é ser visto e ser ouvido de maneiras que você não pediu. Às vezes, esquece que ser você é ser um corpo negro, e não muito mais.

Algumas horas depois, você está subindo a rua para comprar uma empanada na loja de comida caribenha para viagem. Você está com fome daquela massa amarela adocicada, recheada com carne picante. Você tem fome de conforto. Então você está caminhando, uma rota que faz todos os dias, ao longo da avenida principal de Bellingham, quando vê Daniel, pedalando na sua direção. Ele desmonta quando chega ao Morley's e bate o punho dele no seu com um sorriso largo no rosto, os quadris se movendo no ritmo do que quer que esteja saindo dos fones de ouvido. É como se tudo tivesse sido esquecido. É como se você pudesse se libertar dessa raiva por um instante. O ritmo divertido dele é contagiante e vocês dois fazem uma dancinha antes de rir e se separar, ele indo para o restaurante especializado em frangos e você algumas portas adiante. Dentro do restaurante caribenho, os acordes de uma música eletrônica chacoalham as vitrines. Você espia o cozinheiro amarrando os dreadlocks na cozinha antes de emergir na área principal, cantarolando "I'm still in love with you", adulterando o clássico. Isso faz você pensar nela, em tocar essa música, segurando a cintura elegante dela, puxando-a mais perto, mais perto, sentindo o sorriso enquanto ela deixa a nuca se acomodar no seu peito.

"O que vai querer, irmão?", ele pergunta. Você decide, por impulso, se deliciar com uma porção de macarrão com queijo. Você observa enquanto ele coloca algumas asinhas de frango em uma caixa como um extra, e quando você tenta pagar por elas, ele balança a cabeça.

"Dá pra ver que você precisa de uma boa comida", ele diz. Os dois batem os punhos e você vai embora.

Ao sair, você é recebido por um som da tonalidade do grito do James Brown, fraco e gretado. Alguma coisa deixou o corpo da pessoa que lançou o grito sem ação. O som dura segundos, no entanto se torna mais forte. E então, por um instante, há silêncio. Há comoção, movimentação de gente entrando em pânico, um carro saindo em alta velocidade, uma bicicleta caída de lado, o dono caído no chão. Você está correndo em direção a ele. Há surpresa no rosto dele porque ele se permitiu esquecer o que aconteceu naquele dia. E quem pode culpá-lo? Você pega a mão dele e pergunta se ele precisa de alguma coisa. Desta vez ele não bate no seu punho porque toda a força o abandonou com aquele grito. Ele não ri, sorri ou chora. Precisamos de uma ambulância, alguém diz. Há muito sangue, você precisa se apressar. O jovem no chão balança a cabeça. Você não percebeu que ainda estava segurando a mão dele, mas soltou agora. O ritmo dele é contagiante e você fica completamente imóvel. Você o conhece por muitos nomes, mas hoje ele era Daniel.

25

"Como é que ficou o seu corte de cabelo?"

Você está sentado em meio à própria bagunça, segurando o telefone no ouvido. Quando voltou para casa, destruiu seu quarto com a furiosa facilidade de um tornado. Era um tanto imaturo, e bom para se sentir no controle de alguma coisa, mas agora ela ligou, a poeira baixou e você ficou sem nada para dizer.

"Ei... você tá aí?", ela pergunta.

"Sim."

"Não tive notícias suas. Fiquei um pouco preocupada, mas pensei que você podia ter se envolvido com alguma coisa no trabalho ou algo assim."

"Algo assim. Desculpe."

"Não seja bobo. Como foi o seu dia?"

"Bom", você diz.

Uma pausa. "Você está bem?"

Você começa a soluçar e se desespera ofegante. Está sufocando no próprio quarto. Você desliga o telefone. Você se esconde completamente porque não descobriu como se livrar da própria raiva, como mergulhar na própria paz.

Ela liga de volta.

"O que tá acontecendo?"

"Nada."

"Nada? Você não parece bem. Aquele som que acabou de fazer... só fala comigo, por favor."

"Não tem nada."

"Não parece ser nada."

"Não tem nada."

"Você não tá sendo justo. Na verdade, tô aqui só pra confirmar se você tá bem, porque me importo, mas tudo o que recebo é *nada, nada, nada*."

"Não sei o que dizer."

"Parece que você tá me afastando. Como se alguma coisa estivesse errada e você não estivesse a fim de me contar. Já faz um tempinho que me sinto assim."

"Não tem nada."

"Você não tá sendo honesto comigo. Não consigo fazer isso se você não for honesto comigo."

"Não tem nada. Você não pode só esquecer isso?"

"Beleza. Tanto faz."

Na linha, a estática. A barragem se rompeu e qualquer outra coisa dita será abafada pelo som da água correndo. E aí uma articulação, fraturada, feita em pedaços.

A linha fica muda e o oceano se aquietou.

Você para de ligar. Você para de retornar as ligações dela. Alguns dias depois, você desliga o telefone por completo. Você a tem mantido à distância desde que ela se mudou para Dublin e agora você força a barra, sabendo que ela não pode simplesmente fazer a curta viagem saindo do sudeste de Londres. Você força a barra, sabendo que é mais fácil recuar do que mostrar a ela algo de cru e vulnerável. Do que se mostrar a ela. Você vive em uma névoa, fria e azul, leve de raiva, pesada de melancolia. Você vive em um ritmo no qual está imóvel. Você vive como uma versão inferior de si mesmo. Você chora com muita frequência, sufocando aonde quer que vá. Você está se escondendo. Você está correndo, no mesmo lugar. Você está com medo e pesado.

Você sofre. Sofre por inteiro. Sofre para ser você, mas está com medo do que isso significa.

Você está sentado em sua escrivaninha, deixando o tempo passar até poder ir dormir e ter um breve alívio. Já limpou a bagunça que fez, mas a mente está caótica.

Você está lendo, mas absorvendo pouco. Está olhando para as imagens, mas não está vendo. Está ouvindo música, mas as melodias são sem graça, a bateria não tem impacto algum, as letras vêm em sua direção e se juntam ao fluxo dos seus próprios pensamentos, como uma maré indo e vindo, indo e vindo, o movimento jogando-o de um lado para o outro, e tudo que pode fazer é ficar imóvel. Você não tem mais forças para se mover. Você não tem mais forças para nadar.

É perigosa, a direção que você está tomando. Você sabe disso, e mesmo assim você vai, se esconde. É mais fácil assim. Você não quer ter que questionar por que Daniel balançou a cabeça enquanto alguém lhe chamava uma ambulância. Você não quer admitir que ele também sabia que havia sido marcado para destruição, que ele passou uma vida tão perto da morte que foi menos uma vida vivida e mais uma vida sobrevivida. Quando chegou a hora, ele estava pronto para descansar. Você não está pronto para enfrentar esses fatos e o que isso pode significar para você. Você está com medo e está pesado, e você não está pronto.

Uma batida na porta. Seu irmão entra sem esperar uma resposta. Ele tem vindo uma vez por dia para ver como as coisas estão desde que você perdeu seu amigo. As cortinas estão cerradas para que você não saiba as horas, mas, quando ele entra, a luz do sol cintila. Ele deixa a porta aberta, e a luminosidade inunda o quarto. Você reconhece as sombras nas paredes: folhas balançando na brisa, na luz suave do dia, as formas delicadas, o movimento fácil, fascinante.

"Ei", ele diz.

"Ei."

"Falou com ela?"

"Nah."

Seu irmão se senta na beira da cama.

"Vai falar com ela?"

Você se vira para ele agora.

"O que vou dizer pra ela?"

Ele dá de ombros.

"Alguma coisa. Qualquer coisa. Diga como você está. Ela vai querer ter notícias suas."

"Eu sei." Você sabe disso, e ainda assim se esconde.

"Cara", ele diz. "Como você está se sentindo?"

Você abre a boca para falar, e seu corpo começa a tremer e balançar. Você abre a boca para falar, mas não tem as palavras. Seu irmão sabe como é não ter as palavras e consegue ver o pânico crescendo no seu corpo, consegue ver que você vai começar aquela busca desesperada por ar, ele vê que há lágrimas a caminho, então ele o abraça, o puxa para perto, ele o segura com cuidado. Você se permite ser amparado, como já o amparou antes. Você se permite ser frágil e infantil nos braços dele. Você se permite desmoronar.

Você está saindo de casa, uma semana depois de ter desligado o telefone, quando algo pequeno e duro e intencional o empurra pelas costas, estabelecendo uma conexão com ossos, tecidos e músculos. Você é mandado chispando direto para o asfalto.

"Mas que porra é essa?"

Um turbilhão de membros longos vem em sua direção e você os afasta, apartando-se do outro corpo, recuperando a perspectiva.

Ela está parada na sua frente, ofegante.

"O que tá fazendo aqui?", você pergunta.

"Qual é o seu problema?"

"Como?"

"Como explica que, se eu quiser falar com o meu namorado, tenho que vir de Dublin pra te ver?"

Você não tem palavras.

"Tentei enviar mensagens de texto, tentei ligar, perguntei pros seus amigos, perguntei pra todo mundo! Tem ideia de como fiquei preocupada? Você é tão egoísta. Tão, mas tão egoísta. Você não tá pensando na gente, tá pensando apenas em você quando faz isso. E essa não é a primeira vez. Desde que voltei pra universidade, você simplesmente desaparece sempre que sente vontade..."

Ela simula estar sendo empurrada pra trás.

"Não pedi muito. Só queria que você fosse honesto. Só queria que você se *comunicasse*. Bastava abrir a boca e falar comigo. Mas em vez disso você me afastou. Você literalmente se trancafiou longe de mim. Consegue imaginar como isso dói? Consegue? Se coloque no meu lugar. Fique parado no lugar onde estou agora. Faça isso!" Ela dá um passo pra trás e o coloca no lugar onde ela estave parada, de modo que você fique de frente para um espaço vazio. "Que tal a sensação? Humm?"

"Não é boa."

"Claro que não é boa. *Porra!*"

"Ei..."

"Não, não, não. Você vai me ouvir. Você tá fazendo um troço meio maluco. Sabe o quanto a gente arriscou entrando nessa? Sabe por quanto tempo me senti culpada? Eu ainda tava com o Samuel quando a gente se conheceu e alguns meses depois viramos melhores amigos, e alguns meses depois disso viramos parceiros. Sabe quanto tempo isso representa pra mim? Sabe quantas pessoas do meu círculo me excluíram por conta do que eles *pensam* que aconteceu? Mas você acha que me importei? Não. Porque quando te conheci eu pensei, amo esse homem. A gente sempre conseguiu se comunicar um com o outro. Sobre tudo e mais um pouco. Eu não precisava ser nada além de mim mesma perto de você. Achei que a gente podia ser honesto um com o outro. Achei que a gente podia ser honesto um com o outro aqui e agora."

É mais fácil se esconder na própria escuridão do que emergir, nu e vulnerável, piscando na própria luz. Mesmo aqui, à vista de todos, você está se escondendo. Ela está certa a respeito de tudo o que disse. Aqui era um lugar onde você poderia ser honesto. Aqui era um lugar onde você poderia ser você mesmo. Aqui era um lugar onde você não precisaria explicar nada, mas agora ela está na sua frente e está pedindo para você explicar. Você gostaria de ter as palavras, não, você gostaria de ter a coragem de subir de qualquer que seja o buraco em que caiu, mas, no momento, você não tem. Você a observa vendo sua luta interna. As feições dela se suavizam. Ela estende a mão para você e você dá um passo para trás. Você se sente sujo em sua aflição e sensação de peso e não quer aviltá-la. Ela também dá um passo para trás, o movimento que você fez para se afastar como um empurrão no peito dela. Existe uma diferença entre ser olhado e ser visto. Ela vê você agora, ela vê o que está sendo apresentado a ela. Ela balança a cabeça e começa a tirar do corpo o moletom que está usando. O moletom é seu, ou pelo menos era. Você o deu a ela, mas agora ela o joga na sua direção. Então se afasta. Você não corre atrás dela. Você fica lá, congelado, escondido à vista de todos.

26

Você foi contratado para uma sessão de fotos e está a caminho de um estúdio, porque precisa seguir em frente. Sua vida agora é essa. Isso é o que escolheu. Então você está a caminho do estúdio e é um dia em que o céu nada revela, preso entre um outono sombrio e um inverno deserto. Você está ouvindo "Grief", do Earl Sweatshirt, porque essa música dói, mas termina com um refrão alegre. Você está tentando sentir alguma coisa, qualquer coisa, mas está entorpecido. A música que você vivenciava com ela parou. Você está tentando tocar a mesma música que tocavam juntos, porém a dupla se tornou um só. Vocês estavam sempre improvisando, porém a dupla se tornou um só, e sem ela não tem onde você possa requebrar e remexer. A música parou.

Se o coração sempre dói no intervalo entre a última vez e a próxima, então um coração partido vem do desconhecido, do limbo, da eternidade.

Você foi contratado para uma sessão de fotos e está no estúdio. Você pediu à pessoa que está sendo fotografada para relaxar um pouco. Os ombros estão encolhidos, a tensão da mandíbula fazendo com que os olhos se estreitem. Ele não sabe o que fazer com as mãos e as segura, se contendo, meio que dobrado para dentro. Relaxe, você diz. Ele tenta sorrir, mas não consegue. Ele está tentando ficar à vontade, mas não consegue. Você percebe que está se olhando no espelho. O artista sempre dá algo ao retrato, e aqui você está vendo o que se manifesta quando a gente não consegue expressar o que sente: mas lhe escapa mesmo assim. Você pede licença e vai ao banheiro. Você fica sozinho. Você se olha no espelho e vê que não é um covarde, mas fez uma coisa covarde, e que não é mal-intencionado, mas a magoou, e que não é uma vergonha, mas está envergonhado. A música parou. O resto é ruído. Você chora. Você chora por sua própria vergonha e sofrimento e dor. Você se abraça. Você envolve seus longos braços em torno do próprio corpo e se permite ser frágil e infantil em seus próprios braços.

Você se permite ficar em pedaços.

27

É mais silencioso aqui, do outro lado da liberdade. Você poderia estar em qualquer outro lugar. Você caminha ao lado do cachorro, entrando em um condomínio fechado, o portão se fechando atrás de você. Uma suave melancolia se desprende de seus ombros na modorra da noite. Mais cedo o cachorro tinha cutucado sua barriga, subindo ao seu lado no canto do sofá em que você estava encolhido. Você aguentou firme enquanto a mente espiralava em seus confins turbulentos. Mas aqui é mais tranquilo. Não há ninguém além de você e do cachorro. Você o vê atravessando passagens para pedestres, escrevendo sua própria história. Você deduz que a liberdade pode ser uma narrativa. A liberdade pode estar naquele lugar além da cerca. Talvez a liberdade seja convidar os outros a ultrapassar os limites. Você tira fotos do cachorro saracoteando ao redor e pensa em mandar as imagens para ela, mas é tarde demais pra isso. Ocorre a você que essa liberdade pode ser temporária, mas você está aqui, neste mundo.

Já faz um bom tempo que você não usa o moletom para sair. No inverno passado nevou bastante durante uma semana. Todos os dias, você tocava o tecido de algodão do moletom preto, até que o cheiro dela começasse a desaparecer. Sua vida com ela desfeita da mesma forma, se desvanecendo com o passar dos dias. Você ficou à margem e assistiu o relacionamento dos dois desmoronar. Era mais fácil fazer isso. Era mais simples e covarde. Não demandou esforço algum amar alguém dessa forma, saber como esse amor é belo e sadio e curador e ainda assim lhe virar as costas. Você sempre se perguntou sob que circunstâncias um amor incondicional acaba, e acredita que a traição pode ser uma delas.

Seis meses se passaram desde o dia em que ela o confrontou. Seis meses se passaram desde o dia em que ela disse que podia ver você e pediu que você a visse também. Seis meses se passaram desde que você não conseguiu mostrar a própria vulnerabilidade; ela tomou a decisão de se afastar e você não correu atrás. Hoje, você decidiu colocar o moletom, pelo conforto, e falar a sua verdade. Você não quer mais se esconder, mesmo que doa.

Esta manhã é a primeira em muito tempo que você acordou com a energia de um funk nos pés. James Brown teria ficado orgulhoso. Você tem certeza de que todos têm o grito guardado no peito, esperando para emergir. Você tem certeza de que esses gritos não precisam ser lívidos e sangrentos, mas plenos e vitais.

Por falar no grito do James Brown, você quer refletir e falar de uma noite de sexta, muito tempo atrás, antes da fratura e da ruptura. Uncle Wray and his Nephew fazendo uma aparição. Pedindo à caixa de som *smart* para tocar o rapper Playboi Carti. Dizem que ele está resmungando, mas você ouve muito mais que isso. Ele também está pegando o balanço do ritmo, se movendo e gesticulando no espaço entre a bateria eletrônica TR-808 e a melodia brilhante, diminuindo a distância com suas falas curtas e palavras de improviso. Assim como naquela primeira noite quando dois estranhos diminuíram a distância, mantendo a proximidade através da melodia. De qualquer forma, em relação a Carti — menos cabeça e mais peito; menos reflexão, mais honestidade, mais intenção. Dizem que ele está resmungando, mas você ouve muito mais que isso. Isso faz você se mexer.

Você veio aqui, na verdade, para sussurrar no escuro, como quando apagava as luzes e ficava enrolado nas cobertas dela, sem ver nada além da forma familiar dela.

Você quer contar a ela a respeito dos seus pais. Seu pai em um sábado à tarde debruçado sobre o aparelho de som, mudando de estação até resgatar uma memória captada na música. Um doce cantarolar, uma canção de ninar diurna. As palavras que a gente tem para esse sentimento não são suficientes, mas talvez a melodia seja? Talvez o som do baixo, grave, pulsando. Como um batimento cardíaco. Talvez seus pais dançando na sala, cantarolando devagar. Sua mãe pergunta se e onde eles tocam música lenta na cidade. Você promete encontrar um lugar enquanto os dois dão dois passos em uníssono.

* * *

Você quer lhe perguntar se ela se lembra da música que estava tocando quando vocês estavam no trem a caminho de casa. Vocês estiveram dançando a noite toda em um porão cheio de artistas de jazz, tanto os dançarinos quanto os músicos improvisando, separados e afastados. Quando vocês embarcaram no trem, um punhado desses artistas estava sentados nos assentos adjacentes. Vocês começaram a tagarelar uns com os outros. Alguém se referiu à noite como uma experiência espiritual. As vibrações estavam certas. Ali, reunidos, a energia transbordou. Um deles começou a cantar. O percussionista conseguiu um chocalho e manteve vocês sincronizados enquanto todos se moviam, em paz naquele vagão de trem, juntos, improvisando, dançando em protesto, se movendo com alegria.

Você quer lhe perguntar se ela se lembra de tal liberdade.

Você quer contar a ela a respeito do jovem a sua frente no trem. Sapatos da cor de um céu límpido, tatuagem agarrada ao bíceps. Ele bebendo de uma lata preta, você de uma garrafa de vidro. Fones de ouvido nas duas cabeças. Ele captou seu olhar. Vocês acenaram um para o outro e levantaram as bebidas em uma saudação alegre. Afinal o olhar não exigia palavras, não, era um encontro honesto. Você quer dizer a ela que, naquele *instante*, um que foi preenchido com a plenitude do tempo, você amou esse homem. Amou-o como se fosse alguém da família. Vocês não tinham intenção de criar um lar um no outro, mas apenas de se acolherem por alguns instantes, apenas para se sentirem seguros por alguns instantes.

Você quer dizer a ela que existem certas coisas das quais você nunca vai se curar, e que não há vergonha na sua dor. Você quer dizer a ela que, ao tentar ser honesto aqui, você cavou até que a pá alcançasse o osso, e continuou. Você quer dizer a ela que doeu. Você quer dizer a ela que parou de tentar esquecer aquele sentimento, aquela raiva, aquela feiura e, em vez disso, a aceitou como parte de você, junto à sua alegria, sua beleza, sua luz. Múltiplas verdades existem, e você não precisa ser a soma dos seus traumas.

Você veio aqui, à página, para pedir perdão. Você veio aqui para dizer a ela que está arrependido por não deixar que ela o amparasse nesse mar aberto. Você veio aqui para dizer a ela como você foi egoísta ao se permitir se afogar.

Você veio aqui para dizer a verdade. Que você está com medo e pesado. Que às vezes esse peso é opressivo demais. A dor no seu peito se acumula, bulbosa e protuberante, e, embora você queira, a dor não vai se desintegrar.

Saidiya Hartman descreve a jornada das pessoas negras, de escravizados a homens e mulheres, e como esse novo status era um tipo de liberdade, mesmo que apenas nominal; que uma nova subordinação dos emancipados era natural diante das estruturas de poder nas quais essa liberdade funcionava e continuava a funcionar, retratando o corpo negro como um corpo de espécie, encorajando uma negritude que é definida como *abjeta, ameaçadora, servil, perigosa, dependente, irracional e infecciosa*, constrangendo-o de uma forma pela qual não pediu, de uma forma que não poderia conter tudo o que se é, tudo o que poderia ser, poderia querer ser. É assim que você está sendo enquadrado, um contêiner, um navio, um corpo, você se tornou um corpo, há todos esses anos, antes de seu nascimento, antes do nascimento de qualquer outra pessoa que esteja atualmente em sua vida, e agora você está aqui, um corpo, você se tornou um corpo, e às vezes isso é difícil, porque você sabe que é muito mais. Às vezes esse peso é opressivo demais. A dor no seu peito se acumula, bulbosa e protuberante, e embora queira, a dor não vai se desintegrar. Você está pensando em fazer terapia e exteriorizar que sente que foi tornado um corpo, um navio, um contêiner, e que está preocupado, porque os dias em que acredita nisso estão se tornando mais frequentes.

Você veio aqui para dizer que está com medo de ter sido marcado para destruição há muito tempo.

Você veio aqui para falar da gaivota. Ela lembra? Não havia sangue. Estatelada de costas, asas estendidas. Cabeça em um ângulo peculiar, uma parte dela espremida onde não cabia. As teorias vinham a cada observação. De uma certa altura, talvez? Uma ave corajosa empoleirada em uma sacada recebeu um empurrão. Mas nesse caso ela não iria voar? Nesse caso o estrago não seria maior, em comparação com a majestosa maneira que essa criatura foi colocada para descansar? Não havia sangue. Você concluiu que a gaivota teve o pescoço partido pela mão humana e queria saber como, quem e por quê. Você foi de um lado para o outro, mas não se aproximou de uma verdade completa. Você só podia supor. O espetáculo ocupou a vida de ambos por mais alguns momentos. Você observou os carros desviarem da ave morta; imaginou os motoristas dando um empurrãozinho de leve no volante, antes de reajustar o curso e seguir em frente.

Teju Cole descreve como a morte chega de forma absurda, em meio à banalidade. Em seu ensaio "Death in the Browser Tab", ele fala de Walter Scott. Este homem, Walter Scott, sabe que, enquanto está sendo interrogado por um policial, há uma tensão rígida que, quando quebrada, resultará em sua própria destruição. Cole fala de observar um homem que sabe que está morrendo, e que está de boa na dele, de boa, até o momento que foge, rumo à liberdade, porque de fato a liberdade é a distância entre o caçador e a presa. Cole fala de aturdimento. *De estar mergulhado na crise alheia, no horror alheio.* Mas ele não sabe? Claro que sabe. Mas o que se deve fazer com as coisas sobre as quais não quer saber?

Você veio aqui para falar de uma de suas memórias mais antigas, numa época em que não havia o luxo de uma aba do navegador. Primeiro havia uma janela, uma janela aberta. Um silêncio em meio a uma primavera de brilho suave. É sossegado, aqui. Seu pai estacionou do lado errado da bomba de gasolina, mas vocês estavam sem combustível, então observou enquanto ele arrastava a mangueira em volta do carro verde-claro da família. Você inclinou a cabeça para fora da janela aberta para sorrir pra ele. Ele não estava ali. O corpo dele estava em posição de sentido, preso na tensão rígida de um homem que sabe que, se isso se romper, o resultado será sua própria destruição. O policial viu seu pai observando um jovem sendo interrogado e seu pai deu as costas, colocando uma distância imaginária entre o caçador e a presa. Seu pai correu para cabine de pagamento e você imagina que ele estava perturbado, renunciando a seu charme habitual, havia um brilho opaco nos olhos, como partículas de poeira. Enquanto isso, o jovem estava sendo interrogado por dois policiais. Ele era bonito. Uma criança, o filho de alguém! Não minta pra mim, você ouve alguém dizer a ele. Naquela época você não tinha um nome para isso, aqueles ombros erguidos até as orelhas, os olhos arregalados, a declaração titubeante de inocência. Você olhou para sua mãe em busca de uma explicação ou esclarecimento, porque não parecia haver uma razão para isso. Você queria saber como, quem e por quê. Ao se voltar para a janela, um reflexo de luz como uma sombra fugaz. O cabelo do jovem tinha escapado da faixa de cabelo. Ele estava tentando voar para longe, em direção a uma liberdade que sabia que só poderia ser encontrada na distância entre o caçador e a presa. Um empurrão e ele estava estatelado de costas, asas estendidas. Cabeça em um ângulo peculiar, uma parte dela espremida onde não cabia. Braços, também, torcidos atrás das costas enquanto golpes choviam de bastões pretos pintando a pele bonita de ferimentos recentes. Reflexos de escuridão, nos pontos onde a luz o estava deixando. Não havia sangue. A morte nem sempre é física.

Você veio aqui para dizer que não havia sangue quando, alguns anos atrás, seu desconforto se transformou em uma dor diferente. Você estava descendo um lance de escadas de mármore, passando a mão por um corrimão liso, quando algo o atingiu por trás feito um raio sem a descarga elétrica. No momento que você chegou ao pé da escada, você estava dobrado. Um livro com um vinco na lombada. Eles o colocaram sentado e perguntaram onde doía. Você não conseguia identificar a princípio, mas sentia uma dificuldade sempre que inalava, exalava. Lado esquerdo. Isso agora era uma emergência. Não havia sangue, mas você estava pensando em apoptose, um processo pelo qual o corpo projeta sua própria morte, programando as células para se deformar e se modificar rumo à morte. O corpo se mata, aos poucos. Não há sangue. Não havia sangue.

O paramédico chegou em minutos, como se estivesse esperando uma emergência. Ele perguntou, você sabe o que está acontecendo com você? Nenhuma doença diagnosticada, não. Ele verificou a pressão arterial e comentou sobre o batimento cardíaco lento e pesado.

Atleta?

Em outros tempos, você disse. Costumava jogar muito basquete.

Humm, ele disse. E no intervalo entre o que ele disse e o que não disse, você está pensando sobre a morte celular, como o corpo se mata de dentro para fora, como a dor pode se manifestar de várias formas.

Vamos fazer um eletrocardiograma, por via das dúvidas.

Você observou a máquina escrever sua história no ritmo habitual, aquela repetição denteada constante. O paramédico apontou para uma extensão curta em cada uma delas e disse que você tinha arritmia. Ele falou que era difícil dizer se isso era algo que você tinha desde sempre ou algo que desenvolveu no decorrer do último ano, ou algo que havia acontecido naquele dia. Você não é de se preocupar, ou de deixar os outros se preocuparem com você e, além disso, a dor tinha diminuído, então provavelmente não era nada, certo? Provavelmente não era nada, confirmou o paramédico. Ele recomendou analgésicos e repouso e ir com calma.

A coisa se manteve, adormecida. Quando surgiu mais uma vez, você estava na Biblioteca Britânica, ouvindo um grupo de leitura. Mais tarde, no jantar, você estremeceu com uma bebida quente nas mãos e sorriu em meio ao desconforto. Foi só quando voltou para casa e desabou no sofá que começou a pensar na morte das células mais uma vez e como a dor pode mudar a forma como esse processo ocorre.

Naquele ano, você estava ansioso. Você se perdeu. Você perdeu sua avó. Eles mataram Rashan e Edson, de fora para dentro. E, como um eco, eles o empurraram contra a parede e você raspou as mãos tentando encontrar um lugar para se segurar. Sua respiração estava curta, mesmo sem os dedos deles serpenteando no seu pescoço. As coisas estavam desmoronando desde o talo. Ritmo irregular. Provavelmente não é nada. E, ainda assim. Vá com calma.

Você deu ouvidos ao conselho e apagou as luzes. Você pôs um filme e chorou no escuro.

Você chora no escuro. A morte nem sempre é física, e o choro nem sempre é uma expressão de dor. Você já disse um monte de coisas, mas veio falar da quietude de uma noite outonal, as árvores voltadas para você na escuridão do crepúsculo. Você a manteve à distância. Você disse a ela para não olhar para você porque quando seus olhares se encontravam, você não podia deixar de ser honesto. Mas se lembra das palavras de Baldwin? *Só quero ser um homem honesto e um bom escritor.* Humm. Homem honesto. Você está sendo honesto, aqui, agora.

Você veio aqui para falar do que significa amar sua melhor amiga. Um olhar direto. Um homem honesto. Você está procurando palavras, mas nenhuma serve. Pergunta: se flexibilizar-se é ser capaz de dizer o máximo com o mínimo de palavras, existe uma flexibilização maior que o amor? O olhar não requer palavras; é um encontro honesto.

Você veio aqui para perguntar se ela vai olhar para você enquanto você lhe conta essa história.

28

Isso não é um exagero. Você está morrendo. Vocês, rapazes, estão morrendo. Vocês matam suas mães no processo. A dor as deixa exaustas. O esforço as deixa exaustas. Essa vida é precária. Imagine sair de casa e não saber se vai voltar intacto. Você não precisa imaginar. Você vive de forma precária. Você é um cara legal, muito legal, levando tudo na boa. Sendo autêntico, sendo legal, até... Um suspiro na escuridão. A tensão diária torna o peito apertado. Você foi despedaçado e esmagado, como se eles tivessem arrancado as páginas do seu livro e as amassado como se não passassem de papel velho. É assim que você morre. É assim que os garotos morrem. É assim que suas mães e companheiras e irmãs e filhas também morrem. A dor as deixa exaustas. O esforço as deixa exaustas. Essa existência é precária e sua vida pode acabar facilmente a qualquer momento. Imagine saber que sua totalidade pode ser dividida a qualquer momento, então você vive em pedaços. Você vive em pedaços, você vive pequeno para que ninguém o diminua, para que ninguém o destrua. Você é um corpo negro, contêiner, navio, propriedade. Você é tratado como tal porque a propriedade é fácil de destruir e pilhar. Você não precisa imaginar uma vida que já leva. É precário suspirar na escuridão e dizer que você é muito legal, porque aquele poema termina com você morrendo cedo. Você foi despedaçado e esmagado, e está com medo de ser levado por uma leve brisa. Sem ser visto para sempre. É assim que os garotos morrem. É assim que suas mães e companheiras e irmãs e filhas também morrem. A dor o deixa exausto. O esforço o deixa exausto.

Você está com saudade daquela ocasião em que viu quatro garotos negros em uma BMW. No semáforo, eles baixaram a capota. O cheiro de erva flutuou em direção às suas narinas. Eles balançavam a cabeça no ritmo de uma boia balançando. A sensação que atingiu seu peito é de alegria, que esses jovens pudessem estar dirigindo, rostos iluminados pelos fachos amarelos das luzes das ruas, a mais brilhante das luzes vindo dos olhos, uma vida sem inibições, enfim, mesmo que breve, é deles, esse espaço, em um veículo em movimento, o som da bateria eletrônica TR-808 sacudindo a carroceria do carro, a gargalhada infantil, as piadas só para eles. Perto do final das gargalhadas, à medida que se tornavam mais fracas dentro da noite, enquanto os pneus cantavam, motor acelerando, a sua alegria se metamorfoseou, voltando à forma habitual. A alegria nem sempre é totalmente prazerosa, por isso foi um bônus quando deslizou de forma furtiva junto com o terror de sempre, do tumulto que o atinge nessas ocasiões.

Essa nostalgia é muito sentimental e dói. Você está pensando na primavera, sol, nuvens claras, quando a cor do céu é doce como o mavioso deleite de um bebê por sua mãe. Você abraça sua mãe com força quando se despede dela. Você ouve o chiado de um peito apertado por anos de trabalho. Nunca mais foi o mesmo depois do ano em que nevou, em 1993. Caminhando com dificuldade pelas cinzas brancas para repor as mercadorias nas prateleiras. Mesmo os protestos da melhor amiga não conseguiram impedir que o gerente se vingasse de forma cruel da recusa dela em aceitar os avanços dele. Ele mandou que ela trabalhasse no frigorífico até que os dentes batessem e ela não conseguisse sentir a ponta dos dedos na própria barriga protuberante, pesada com a vida em andamento. Você deve muito à sua mãe e um dia contará essa história, mas por enquanto está pensando na primavera, sol, nuvens claras. Você abraça sua mãe com força: almíscar suave, chiado leve, natureza-morta. Enquanto passa pelo portão da frente há uma chuva de flores, como a explosão de um saco de glitter. Flutuando no ar. Estão cortando os galhos e deixando as árvores nuas, expostas de forma indecente contra o pano de fundo da primavera, do sol. Você acena para a velha senhora que acena de volta para você todas as manhãs, sentada contra a janela do seu aposento protegido. Ela exibe o polegar virado para cima. Você se pergunta o que ela está esperando, se é que há alguma coisa. De qualquer forma, não acontece nada de incomum enquanto você seleciona Dilla — o álbum *Donuts* em específico — então vamos fazer uma interrupção na sua caminhada até a estação:

Um jovem, segurando a cabeça em exasperação muda. Ele está parado ao lado do carro — é dele, veja a postura dele, é algo pelo qual ele *trabalhou* para conseguir — considerando suas opções. O jovem se abaixa e é aí que você vê o cone de trânsito preso entre a roda e o chassi, como se tivesse sido apertado com muita força. Os cones margeavam a estrada, como sentinelas inanimadas, protegendo as árvores recém-expostas, ou não, o contrário, protegendo pedestres e veículos da queda de galhos. Os braços dele se esforçam enquanto ele puxa o plástico amassado por qualquer que seja o acidente que tenha ocorrido aqui. Você se aproxima enquanto o punho dele atinge o cone laranja, sem perturbar em nada o que já se instalou ali.

"Não vi esse troço", ele diz. Você não se lembra de ele ter acendido um cigarro, mas ele brilha entre os dedos. Ele enche as bochechas de ar e acaba com a pequena chama. Ele se abaixa. Você percebe que ele desistiu porque não tem nenhuma escolha real. O cone de trânsito não vai se mover.

"Você está indo pro trabalho?"

"Entrevista", ele diz.

"Trem?"

"Vou chegar atrasado." Ele olha para o relógio. "Já estou atrasado. Que merda, cara." O suspiro que ele dá é de cansaço. Há algo aqui que reconhece, que você conhece muito bem.

"Deixa eu chamar um Uber", você diz, pegando seu telefone.

"O quê? Não…"

"Deixa esse lance comigo, cara."

"Não posso aceitar. Tá tudo bem, vou dar um jeito."

"Quando puder você me devolve."

***

Quando voltam a se encontrar, você está voltando para casa. Ele está indo para outro lugar. Quando ele capta seu olhar, o rosto dele se abre de alegria.

"Como vai, cara?"

"Não posso reclamar. Não posso reclamar. E você?"

"Tudo certo. A caminho de casa."

Ele dá uma tragada no baseado dele e cutuca você, uma oferta gentil. Você pega a pequena chama da palma da mão dele e dá um tapinha, outro tapinha, os olhos ficando vermelhos a cada tragada suave. As pupilas amplas e pretas. No rosto dele, um sorriso cansado. Fones de ouvido derramando som na noite.

"O que tá ouvindo?"

"Dizzee Rascal."

"Clássico."

"Seminal. Sem o Dizzee, não sou eu mesmo."

Você sorri. Uma sensação o incomoda, e você não consegue ignorar.

"Posso tirar uma foto sua?"

Ele parece surpreso. Uma coisa é ser olhado e outra é ser visto. Você está pedindo para vê-lo. Ele concorda. Você tira a câmera da bolsa e aponta a lente para ele. Os olhos dele estão incandescentes, roubando o que resta de luz no céu. O leve sorriso em um rosto gentil. Você clica no obturador e o rosto dele se abre no momento que a câmera vibra. Um encontro honesto entre duas pessoas. O olhar não requer palavras.

***

Seguindo em frente, você se lembra de quando ouviu o álbum pela primeira vez, em uma viagem de ônibus a caminho de Bournemouth. As artes marciais eram uma forma de incutir disciplina naqueles que buscavam a liberdade. Você perdeu a luta do torneio naquele dia, mas se sentia corajoso mesmo assim.

Você ficou tão surpreso, ouvindo aquela batida forte. Pum-pum-pá, pum-pum, pá. Rasgado de outro lugar e costurado à mão no fragmento da vestimenta exígua. Usava a batida como um chapéu, suave na cabeça enquanto seu pescoço balançava para a frente e para trás com cada pá, pum-pum-pá, pum-pum, pá. As ligações de Lon-dres! Mantendo-se fiel à gramática dele, à sua gramática; rude e totalmente familiar. Era como ouvir o irmão mais velho de um amigo contando histórias fantasiosas que você sabia serem verdadeiras. A voz era totalmente familiar: amigo da família, talvez, ou primo — não de sangue, mas de consideração. *Dá uma produzida, anda estiloso*, a voz disse. Você teve que desligar depois dessa faixa — por causa dos protestos dos adultos e dos pais —, mas a adrenalina de ouvir uma verdade proibida, imersa na sua própria verdade, não ia diminuir.

Richard, o dono da fita cassete, era legal e nunca olhou para você, mas você sabia que ele podia vê-lo. Um par de medalhas de ouro pesadas balançavam no pescoço dele. Mais cedo, todos observaram enquanto ele girava na planta do pé, acertando um chute cruel no peito do oponente amedrontado. Ele — o adversário — ficou olhando para o treinador, imaginando quando o ataque ia parar. Depois que Richard varreu o primeiro adversário para fora do ringue, ele enfrentou outro, quatro anos mais velho. Braços levantados, a aparência de Richard despreocupada, ele lançou uma rajada de golpes precisos, derrubando o novo oponente com a mesma facilidade de antes. Você ficou flanando em torno dele, até que ele estendeu a mão na sua direção por entre o seu séquito.

"O que tá rolando, carinha?"

"Pode fazer uma cópia disso pra mim?", você perguntou ao jovem que se erguia bem acima de você. "A fita?"

"Você ainda não tinha ouvido?"

Ele ficou tão surpreso quando você balançou a cabeça que lhe entregou a fita dentro da própria caixinha, em cujo dorso estava gravado *Boy in Da Corner*, do Dizzee Rascal.

29

Vamos retroceder ainda mais, para uma memória antiga. 2001. Em uma sala de estar que não é a sua, em um tapete desgastado por pés que se arrastam e joelhos ásperos. Você andou o dia todo por aí com os amigos e ainda assim está prolongando esses momentos de despreocupação como se pudessem ser seus últimos.

Zapeando pelos canais de tevê, se decidindo pela MTV. A hilaridade da gargalhada impetuosa, a pergunta que vem: "Do que você tá rindo?". Um par de crianças brincando em um terreno baldio. Um clarão de luz e uma delas se transforma em um homem adulto, com o chapéu-coco e os óculos escuros acrescentando um toque final. São pessoas negras. Todas elas são pessoas negras.

O segundo MC usa um durag de couro na cabeça, um leve sorriso no canto dos lábios enquanto desempenha o papel de rapper por alguns momentos. Anos depois, você o verá em um estacionamento de supermercado com o filho pendurado no ombro, ainda lutando para impedir que aquele sorriso de menino invada suas feições.

***

Agora em frente. Verão de 2016. Você se perdeu na roda punk. Cinco pares de mãos — podia sentir o contato firme de cada dedo na sua pele — o deixaram de pé outra vez. Skepta entrou correndo vestindo shorts e óculos escuros grossos, com uma presença que encheu o palco. Naquele verão, você estava pensando em energia e vibrações e de que modo algo poderia chegar à perfeição. Quando o DJ repetiu a faixa de hip-hop pela terceira vez enquanto cinco corpos negros se moviam livremente pelo palco, você pensou, agora tá tudo perfeito, agora tá tudo perfeito.

Mesmo verão. Você está na Espanha, em uma praia de onde, em um dia claro, podia ver a costa do Marrocos, quando o álbum de Frank Ocean, *Blonde*, cai do céu. Essa parada não é para amadores. Você estava à espera de algo que não sabia que precisava. Quando chega, você pega um par de fones de ouvido, uma cadeira de praia, e sai aos tropeços pela areia, vendo a maré subir e descer. Você não se lembra de ter conhecido uma quietude como essa, e talvez seja agora, entre olhar para a frente e olhar para trás, que percebe que está procurando por essa quietude mais uma vez.

O sol nasce tarde nesta parte do mundo, e você observa as estrelas serem substituídas por um lençol de azul pálido, um ponto branco quente escalando o céu. Você não trouxe roupa de banho, então, quando termina de ouvir o álbum, tira a roupa e corre para a água. Submergindo, tudo o que consegue ouvir é a correnteza, o rugido. O sal do mar se misturando às suas lágrimas.

***

Em frente, mais uma vez. Seis meses atrás. Uma figura esbelta, estufada por camadas. Cabeça inclinada. Todas as velas se apagaram, mas ele está iluminado pelo crepúsculo. São as primeiras horas da manhã. Ele está imóvel, dançando ao som do silêncio. O memorial é recente. Você se pergunta se a figura esbelta também está chorando, como no momento em que você enfiou a chave na porta e desabou, incapaz de tirar a imagem da cabeça: uma bicicleta caída de lado, as rodas ainda girando de um lado para o outro, esperando o ciclista voltar. Você se pergunta se ele também está de luto por Daniel, o homem gentil que nunca vai regressar. Aquele homem com quem você dividiu um baseado na rua e que falou de forma floreada sobre o Dizzee Rascal e hip-hop e ritmo. Aquele homem que, por um momento, você amou como se fosse alguém da família.

Naquela tarde: uniforme preto e branco, decidido a mostrar a cara. A estação fica na mesma rua, mas você nunca vai encontrá-los neste lugar. A não ser que algo tenha acontecido. Eles vão de loja em loja, sem licença, lavanderias, restaurantes de peixe com fritas, restaurantes com serviço de entrega. Eles param as pessoas na rua para pedir informações. Quando se aproximam de você, ficam encarando em silêncio.

A loja de comida caribenha para viagem não tem empanada, então você continua caminhando até o próximo.

"Como vai, querido?", pergunta a mulher atrás do balcão. Você sorri ao notar como algo tão simples quanto uma inflexão familiar pode confortá-lo nesse momento.

Ao sair, você ouve um tum-tum, pá, tum-tum, pá em seus ouvidos. Você se pergunta se Dilla adicionou reverberação à batida ou recortou, direto, de um trecho de qualquer outra música.

O interesse em energias e vibrações permanece, e você sempre quis fazer música, sempre quis saber se você, também, podia sentir *a perfeição*. Seu amigo, um baterista, o convida para ir ao litoral e você grava uma demo em um estúdio à beira-mar. Na primeira tomada você se atrapalha, mas na segunda você dança, ombros soltos, socando palavras ao longo da contagem de sessenta e quatro compassos. Você mesmo produziu a batida, então sabe onde estão as quebras da percussão, onde a batida se arrasta, onde desliza, você não se surpreende com o silêncio que tanto valoriza.

Você olha para o seu reflexo no vidro da cabine, relaxado, sem pressa, bancando o rapper por alguns momentos. Você se pergunta se essa é a aparência da liberdade.

Você tem se perguntado a respeito de sua própria relação com o mar aberto. Você tem se perguntado a respeito do trauma e de como ele sempre ressurge à superfície, flutuando no oceano. Você tem se perguntado como dissociar esse trauma do desgaste. Você tem se perguntado a respeito de partir, a respeito de estar em outro lugar.

Você sempre pensou que se abrisse a boca em mar aberto iria se afogar, mas se não abrisse a boca iria sufocar. Então aqui está você, afundando.

***

Você veio aqui para pedir perdão. Você veio aqui para dizer a ela que está arrependido por não deixar que ela o amparasse nesse mar aberto. Você veio aqui para dizer a ela a verdade.

30

Ela narra:

Ela tem ouvido a chuva cair à noite. É nessa hora que ela tende a orar, tentando manifestar seus desejos em sua própria realidade. Ao lado da cama, ajoelhada, nunca olhando em direção ao céu, mas para o chão, para as profundezas, imaginando o que está sob a superfície. A voz foi crescendo em meio ao silêncio dos próprios pensamentos. Ela está pensando em você e no que vocês deram um ao outro. Está pensando a respeito de amar você e o que isso significa. Os corações estavam unidos, batendo em uníssono, mas então se romperam, sangue se acumulando e se derramando na escuridão, e então se desfizeram em pedaços, e na verdade isso foi tudo. Ela ainda pensa muito em você. Suas vidas se descosturaram sozinhas, mas os fios permanecem soltos onde a vestimenta foi rasgada.

Sob que circunstâncias o amor incondicional acaba? Ela chorou por você ontem. Decidiu se submeter às lágrimas em vez de tentar entendê-las. A essa altura já se passou um ano, mas ela sabe que sempre vai chorar por você.

O que a fez desmoronar foi a lembrança de ter sido vista. Você se lembra? Na barbearia. Ela estava na cadeira. Ela se lembra de sua presença mudando a dinâmica do salão; a presença de uma mulher nesse espaço masculino significava que todos exibiam seu melhor comportamento ou encenavam. Mas no momento a que ela se refere, o silêncio caiu. Você a observava no espelho, e ela estava olhando para você. O barbeiro desligou a máquina para se dirigir a você e a ela, para tentar descrever que tinha visto os olhares entre vocês, para que ambos soubessem que ele viu os dois. A conversa animada dele provocou sorrisos ao redor, acenos de concordância. O que mais havia para dizer?

A linguagem nos falha, sempre. Você disse a ela que as palavras eram superficiais, então foi engraçado quando escolheu escrever isso. Mas ela está grata por você ter lhe dado essa sua realidade honesta. Nos últimos dias ela tem pensado em outras maneiras de dizer o que não pode ser descrito na linguagem. Ela comprou uma câmera, igual a sua, uma velha 35 mm. Ela sempre quis tirar fotos; houve uma foto que ela viu em uma exposição que a ajudou a dar o salto: *Couple Dancing*, do Roy DeCarava, 1956. A mulher está usando um vestido branco, o homem, um terno escuro. As figuras emergem da escuridão, a luz atraindo a atenção para seus membros. Estão muito próximos, o ritmo capturado na quietude. Ela viu vocês dois naquela foto, no brilho da luz nas bochechas da mulher, no braço do homem colocado em volta das costas dela. A relação de confiança e amor sendo retratada onde a luz e a escuridão coexistiam. E é agora que ela entende o que você queria dizer quando afirmava que as diminutas dimensões da câmera pareciam pesar mais do que deveriam nas suas mãos. Ver as pessoas não é uma tarefa fácil.

Ela gostaria de voltar a uma lembrança do presente: estão ambos sentados na colina do parque. Já se passou um ano e o seu rosto não mudou. A luz suave do dia veio e se foi, e uma tonalidade azulada surgiu no lugar, vocês dois sendo envolvidos no matiz suave das possibilidades. Ela começa a tremer e você oferece seu casaco, colocando-o sobre os ombros dela. Os dois estão aproveitando o conforto do silêncio um do outro. O que mais há para dizer? Ela olha para você e tira a câmera da bolsa. Você brincou dizendo que como fotógrafo passou o tempo perseguindo a luz, mas deveria ter dito que venceu a escuridão também. Ela aponta a lente para você e prende a respiração antes de apertar o botão do obturador. Tem certeza de que, assim que a foto for revelada, se você olhar bem de perto, vai ver as sombras projetadas na sua pele, os olhos vendo não só ela como também o mundo, a honestidade repousando de forma serena nos seus traços. Se você olhar bem de perto, talvez veja uma lágrima fazendo uma viagem do olho ao rosto, enquanto chora por ela. Se você olhar bem de perto, vai ver o que ela sempre viu, o que ela sempre verá: você.

Agradecimentos

Para Seren Adams, sempre vou lembrar do nosso primeiro encontro, onde *Mar aberto* começou. Obrigado por todo o apoio, editorial ou não, durante o processo. Você é a melhor agente que um escritor poderia desejar, e uma amiga maravilhosa.

Às minhas editoras, Isabel Wall e Katie Raissian, obrigado por dedicarem tanto tempo e cuidado e proporcionarem a este romance uma sensibilidade tão profunda. Estou mais do que grato.

À equipe da Viking Books, obrigado por trabalhar tanto para fazer isso acontecer.

Para o meu pessoal da escrita: Belinda Zhawi, Candice Carty-Williams, Raymond Antrobus, Yomi Ṣode, Sumia Jaama, Victoria Adukwei Bulley, Kareem Parkins-Brown, Amina Jama, Joanna Glen — suas palavras de aconselhamento e encorajamento de fato me levaram além dos limites. Obrigado.

Aos manos e manas: Krys Osei, Deborah Bankole, Rob Eddon, Stuart Ruel, Niamh Fitzmaurice, Justin Marosa, Courage Khumalo, Sam Akinwumi, Thomas

McGregor, Charlotte Scholten, Nick Ajagbe, Alex Lane, Ife Morgan, Archie Forster, Louise Jesi, Chase Edwards, MK Alexis, Dave Alexis, Nicos Spencer, Law Olaniyi, Natasha Rachael Sidhu, Steffan Davies, Lex Guelas, Chrisia Borda, Mariam Moalin, Monica Arevalo, Luani Vaz, Charlie Glen, Diderik Ypma, Krystine Atti, Zoë Heimann e Cara Baker.

A Sue, obrigado por sempre me fazer sentir bem-vindo e amado.

A Jashel e Jumal, obrigado por sempre acreditarem em mim e por levantarem meu astral quando minha fé minguava.

A minha mãe e meu pai, sei quanto vocês sacrificaram para que eu chegasse onde estou agora. Amo vocês dois, tanto.

À vovó, sei que você ainda está sorrindo e cantando para mim.

Es, não há palavras, mas não vou parar de tentar.

ESTA OBRA FOI COMPOSTA EM CASLON PRO E IMPRESSA
EM PAPEL PÓLEN NATURAL 70G COM CAPA EM CARTÃO
TRIP SUZANO 250G PELA GRÁFICA CORPRINT PARA A
EDITORA MORRO BRANCO EM MARÇO DE 2024